# 俳句入門

保坂リエ

東京四季出版

# はじめに

本書は「俳句四季」の平成二〇年五月号より平成二二年四月号迄の二年間二四回にわたって連載したものをまとめたものです。

## 誰も教えてくれない俳句のノウハウ

俳句を始めてはみたものの、何をどう勉強したらよいのかすら分からないのが現実です。私は私の体験に基づいて、そんなときのお役にたてば、というつもりで一回一回の稿をすすめて参りました。

## 言葉を覚える

俳句を始めて先ず気がつくことは言葉の貧しさです。新しく入会した人は、必ず「先生、私、言葉を知らないんです」と言います。そんなことで日頃よく使いそうな俳句用語を集めてみました。

## 添削について

添削をさせていただくのは、とても責任の重い仕事だと考えています。一句一句の添削を通して、私自身の俳句に対する考え方を述べるとともに、俳句の知識をより広く吸収して頂けることに努めて稿をすすめました。

## そして

俳句は誰の手助けも受けられません。たった一人で一句を成すものです。

右を見ても左を見ても教えてくれる人はいません。途方に暮れたときこの本を見ていただけたら嬉しいです。そして何かのお役に立てば望外の喜びです。

平成二二年二月

保坂リエ

# 目次

# 第一章　俳句は易しいですか？　俳句は難しいですか？

## 俳句は途轍もなく大きく繊細

俳句は途轍《とてつ》もなく大きく、途轍もなく繊細なものです。生涯かけても、答えの出ない難しいものです。

俳句は易しいですか？　と尋ねられたら「難しいですよ」と答え、俳句は難しいですか？　と尋ねられたら「易しいですよ」と答えます、と数年前ある講演会で話したことがあります。そのどちらも本当ですから。そう言わせたのは、私の師系・高浜虚子先生の言葉「俳句は日本語が話せれば誰でも出来ます」、松尾芭蕉の「俳諧は三尺の童にさせよ」に基づいたものです。

## 急速に高まる俳句人口

昭和四〇年代、世にカルチャー教室が次々に生まれました。丁度その頃、子供に手のかからなくなった奥様方には何よりの刺激的なことだったのです。

「何か勉強をしたい」

「何か趣味を持ちたい」

ということで奥様方が、目を輝かせた時代でした。夫を会社に送り出し、子供を学校に送り出したあとの「自分の世界」を上手に作り始めました。大正の終りの頃、昭和の始めの頃に生まれた主婦が挙ってカルチャー教室に通い始めました。何処のカルチャー教室も主婦で満席です。実は私もその中の一人でした。子育ての頃の遠く懐かしい思い出です。

俳句は勉強するのにお金がかからない
俳句は年金で賄える趣味
俳句はノートと鉛筆があればいい

そんなキャッチフレーズで、俳句を学ぶ人がどんどん殖えました。言葉は悪いのですが、「猫も杓子」もと、そんな時代がひとしきり続きました。その後しばらくして俳句の低俗化が密かに唱えられた時代がありました。が、今俳句の隆盛時代は終りました。然るべき人のみの俳句の世界になったわけです。定年を迎えた殿方の趣味として、俳句人口が盛り返しつつあります。一城の主として一角を成した方達ばかりです。

## 俳句は学歴でも知識でもない

一角を成した殿方の趣味として、そして、殿方の沽券もあるのでしょうか。やたら知識を振りかざし、やたら境涯を俳句に「詠み込む」という方も見受けました。

俳句は、学歴でも知識でもありません。俳句は心です。これから俳句を始める方に参考になることを、私は私の体験に基づいて書いてみたいと思います。俳句実作者にとって何よりの、入門書になることを願っています。

# 得体の知れない俳句

「先生、俳句は、どうしたら巧くなりますか?」の質問に虚子先生は「お続けになることです」と一と言答えたそうです。俳句の上手くなる近道はありません。

俳句を二〇年、三〇年ひたすら作りつづけてきた真摯な作者が「このごろ、俳句の奥深さが身に沁みて分かってきた」、或いは、「最近になって、ようやく自分の俳句が作れるようになった」ということは、よく聞く言葉です。得体の知れない俳句は魔物のようです。

日々錬磨を重ね、苦しむ以外上達の方法はありません。

## 一句にベールを

北風の吹く寒い日は、暖かい部屋に籠り自由に気儘に、蜜柑でもいただきながら、句を捻って楽しむ。幸せを絵に描く、といいますが、絵のようです。そんなとき想像で句を作る人が、たまにいらっしゃる。

決して眼の前に対象を置く必要はないのですが、確実に見たもの、見てつかんだものの本質を心にしっかり見つめて、その上に想像を働かせなければなりません。

想像だけの一句は砂上の楼閣と同じですぐ崩れてしまいます。人には見えない自分だけの世界に籠るからです。写生を基礎にして創作された作品は、確かな一句として残ります。写生の上に羽衣のようなベールを着せ、創作を楽しんでみてはいかがでしょうか。

## 謙遜から生まれた美は輝きます

曖昧な記憶と曖昧な知識で句を作らないことが大事です。初心の頃からそういうことを身につけたほうが結局はいい結果を生むでしょう。ご自分でさえ消化されていない思想が第三者に消化されるはずがないからです。変に格好だけついてしまって、訳のわからない作品になってしまいます。俳句に限らず「初心を忘れず」とはよく聞く言葉です。謙遜から生まれた美は輝きます。

## 句会は必要ですか

「俳句を始めたのですが、句会に誘われました。どうしたらいいでしょう」。句会には出なさい。俳句の上達は句会から、と申し上げてもいいと思います。句会に出ますと他人の句を選句することが出来るからです。選句しているときこそ、無我の境地です。人間の細胞は六〇兆あるそうです。その六〇兆の細胞が、一心に、いいと思う句を選ばせます。どんな人でも、選句中に「今晩のおかずは何にしようかな」なんてことは、間違っても考えていません。その無我の境地が、あなたの感性を磨くのです。

初めて俳句を作る人は、自分の句がよくてたまりません。部屋中を、踊り歩くほど、自分の句に陶酔します。が、気の毒ですが、大概は没になります。独りよがりだからです。自分では分かるのですが、他人には分からない。大方は客観的になっていないのです。そんな悲しい思いの積み重ねが、あなたの感性を一人前にし、俳句の何たるかが分かるのです。

日頃のくらしの中で、一枚のセーターを買うのでも、あの店この店を、見比べて買います。あの店この店で自分の目を肥やしているのです。俳句も同じこと。他人の句を選句することによって、あなたの作品の血となり肉となるのです。芭蕉といえども優れた門弟たちがいたからこそ、互いの影響の下に、名吟を残すことが出来たのです。

密室の孤独でしょうか。句会があって、初めて得られる体験です。句会には是非出てください。

## 自分のために

対象をしっかり見て俳句を作る人、所謂写生ですね。或は嬉しいこと、悲しいことを季語に託して作句する人もいて、いろいろです。

俳人に主婦が多い故でしょうか、後者を選ぶ人が多いようです。したいようにしたらいいと思います。受験勉強に夜型、朝型があるように誰にでも向き不向きがあります。自分に合った方法で楽しく作句すればいいと思います。不思議に写生ばかりしていますと、心象を試みたくなり、心象ばかりを作句していますと自然に写生がしてみたくなるものです。その自覚にもとづいてなされば、どちらが先でもいいではありませんか。余り固くならず、上手に見せようとせず、自分のために自分の俳句を作ることです。

## 俳句の上手下手は関心の度合い

俳句に寄せる関心が強ければ強いほど、いい句が生まれます。そのときの都合で、俳句にかかわっていられないときは、いい句は生まれません。人間の才能は、それほど変わらないと思います。俳句が上手に出来なかったときは、他に関心を寄せなければならない事情があるからです。決して自分は「俳句が、下手だ」なんて思うことはありません。今月駄目なら、来月は俳句に関心を深めれば、いいのです。親の看取り、子供の進学、孫の誕生と、身近にたくさんの用事があるはずです。ゆっくり、あせらず、マイペースで、俳句を楽しんで下さい。

# 模倣大いに結構

稽古場で、花を生けるとき、師匠の手元を食い入るように見つめている娘さん。師匠の生けた通りに生け直します。まず師匠に似せることを繰り返します。茶道も、書道も同じ。伝統を重んじる歌舞伎役者も、小さいときから、お家の芸を身につけるべく見よう見真似で芸を覚えます。俳句とて同じです。先人の句から心を盗み反復することです。

# 実作

初心者が俳句に親しむとき、三つの約束事があります。この三つだけは、どうしても守っていただかなければなりません。

ご存知のように俳句は、

◎第一に、五、七、五の一七文字（音）で作られています。もっとも短詩形でありながら、他の文芸には見ることの出来ない奥行きの深い、余韻のある文芸です。

短歌の三一文字でも幾百字の詩でもなく、一七文字（音）の世界です。

◎第二に一七文字（音）の中に、季語を入れなくてはなりません。季節感が大切な役目を果たしています。季節の自然を詠い、生まれる詩なのです。庭の自然、生活の自然、私達の身近には何時も優しい自然の営みが語りかけていてくれるのです。

そこには、今迄何気なく見過ごされていた沢山の自然（季語）があることに気がつくでしょう。その季語を通して詩を詠む。これが俳句です。無季の句は俳句ではなく、唯の一七字詩でしかありません。

◎第三に切字「や」「かな」「けり」などの切字は、一句の中に一つしか使えません。切字を使う俳句は今も昔も多く、昔、俳句に親しんでいた人を「やかな」をやっている、と言っていたそうです。

短い一七字の中に二つの切字を使って、句全体を散漫にしてはいけないのです。

判っても、判らなくとも、まず作ってみる、書いてみる、そこから句作の道が開けます。

## 五感を磨く

視覚、聴覚、嗅覚、味覚、触覚を大切にすることも俳句を作る条件の一つです。

見えないところを見、見えないところを感じとる。そのすべてを内包させ、誰にでも、〝わかる言葉〟として一七音にまとめます。

見えないところを見る、とは、例えば庭園に大きな句碑が建っています。これだけの句碑なのだから、さぞかし、見えている部分の二倍も三倍も、地の中に埋まっているのだろうな、と思ってその句碑を眺め、改めて見えないところを感じとるのです。

人間、生まれるときも、死ぬときも、俳句を生むときも一人です。教えることも、教わることにも限界があります。結局は一人なのです。誰も助けてくれません。孤独に徹したとき、光が見えてきます。

## 俳句は沈黙の芸

沈黙を辞典で引いてみますと、①おちついて黙っていること　②だまって口をきかないこと。そして「――を守る」とあります。

沈黙の芸となれば、単なる沈黙とは少し違います。俳句でいう沈黙は、言葉以前の、言葉を成り立たせ、生みだす母胎なのです。深い思考のなかに作者がいます。その沈黙が張り裂けることによって、言葉が生まれます。沈黙から生まれるのが、言葉です。そして、その言葉が、俳句になるわけです。

## 歳時記

俳句を始めて最初に出会うのが歳時記の必要性です。どんな歳時記を買ったらいいですか？　と最初の質問になります。答えがたくさんあるだけに、一つの答えを出すのが難しいのです。が、単純に「一年ものでお安いものになさい」と答えます。本屋さんに行きますとほんとうに迷ってしまいます。長い俳歴を持っている人でも本屋さんの立ち読み位ではなかなか難しいのです。まして俳句を全然作ったことのない人には解らないのが当り前です。ただ歳時記には一年ものと新年、春、夏、秋、冬、と一年を五冊に分けてあるもの、また春、夏、秋、冬の四季、四冊のものがあります。おすすめ出来るものは一年一冊のものが良いと思います。俳歴を積んで自分で選べるようになりましたら、改めて自分に合ったものを求めたらよいと思います。

## 席題と兼題

簡単に言うと、①席題とはその席で数分間競作し、集中力と瞬発力を養うもの、②兼題とは次回までに十分に推敲できる、句会の宿題のようなもの――です。

席題は読んで字のごとし。その席に出ている題のことです。たとえば桜の咲くころ、桜を一枝、句座の真ん中に置き、その「桜」を写生しなさい、ということもあります。この場合「桜」が席題です。あくまでその目の前にある「桜」を写生するのであって、よそで見たことのある「桜」ではありません。

あるいは季語以外のもの、たとえばめがねケース、サインペン、テーブルなどなど、その場に見えるものを一句の中に詠み込むような席題もあります。

いずれにしろ席題とは短い時間で一点に思いを浸透させ、同じものを見て同じ時間に居合わせた連衆が一斉に競作することです。胸が痛くなるような緊張感を覚えます。が、気に入った句ができたときこそ、俳人にとってこたえられない瞬間でもあるわけです。その醍醐味を味わいたくて、みな、俳句をつづけるのではないでしょうか。

俳句会に出席しますと、必ず次回の兼題が出ます。兼題が「桜」だとします。次回は「桜」を主に勉強します。が、必ずしも「桜」だけでなくてもよいのですよ、他の季語も「兼」ねますよ、ということです。これも読んで字のごとしです。「兼」ねる「題」ですから。兼題を無視する人もいますが、せっかく与えられた兼題ですから、こだわってみることも大事です。自分がこだわることによって、他人の句を見る選句の目もまた違ってくるはずです。

# 自選

自選ほどむずかしいものはないとよくいわれています。「自分の生んだ子はみな可愛い」と同じです。苦労してできた句ほど執着します。が、冷静にその一句を客観的に見つめてみることです。私は目安として、対象から受けた感動が正直に、素直に、何の誇張も潤色もなく出ているものを選びます。言いかえれば、感動以上の表現をしたり、構えてみたり、気どったり、嘘を交えたりしてできあがった作品は、潔く捨てることにしています。自分の句を自分で作るのですから、強いて美化することもないと思うからです。

## 俳句のひとひねり

俳句の嘘（ありうべき嘘）は許されます。「嘘からでたまこと」「嘘も方便」「嘘つきは泥棒のはじまり」「白い嘘」などと、嘘はたくさんあります。

その中で、嘘は嘘でも許される嘘は「ありうべき嘘」です。「ありうべき嘘」ならいいのです。嘘というより、「俳句」の「ひとひねり」と言ったほうが、聞こえがいいですね。俳句は、詩であり、創作ですから、何が何でも、事実にこだわることはありません。「汚れた池」を「澄んだ美しい池」にすることもあります。朝の事実を、夜にすることによって、よりよい雰囲気が、かもしだされるならば、朝のできごとを、夜に変更して詠えばいいと思います。それが「ありうべき嘘」であり、「ひとひねり」と思ってください。

## 季重ねと季語重ね

たとえば、炬燵に入ってみかんを食べる、を句にすると、みかんと炬燵、ともに冬の季語ですから「季重ね」です。炬燵に入ってビールを飲む、の場合、ビールは夏の季語ですから、「季語重ね」です。季節の違う季語を重ねることを、「季語重ね」といいます。両方とも避けなければなりません。

## 亡夫・亡父母をいたむ

私が俳句に入門したのは昭和四三年でした。その頃次々誕生したのが、カルチャー教室です。それも昔の花嫁修業型とは違った、文芸・語学・教養とあらゆる科目で受講生を募集していたのです。子育ての終った向学心旺盛な四〇代五〇代の主婦にとっては、大変な魅力です。当然俳句講座もあり、このころから俳句を学ぶ人がにわかに増えはじめたのです。私もその時代の一人だったわけです。その仲間達が、四〇代が五〇代に、五〇代が六〇代に、六〇代が七〇代になり、少なからず今、結社の主要同人になり、指導者になっています。年齢に従って環境も変わり、大切な人の命終に出会います。配偶者を亡くし、父を亡くし、母を亡くしその思いを句にすることが多くなりました。そこで今回は、亡き父・亡き母をどう表現するか、から始めましょう。

**考**（ちち）**妣**（はは）（ひ）

亡父を「考」、亡母を「妣」と詠みます。

名月や静かに語る考のこと　泉谷国子

この句の場合「考」を「父」と書いたときの鑑賞は全く異なります。亡くなった父上として鑑賞してください。

祖妣の亡霊現れ来ず寒肥にほふ闇　中村草田男

屠蘇注げよ妣の俤浮かぶまで　田中喜代志

竹煮草妣よいまなに申されし　大石悦子

亡き母の声がふと聞こえてきたような錯覚をする作者。「なあに？　なんと言ったの？」と振り返る、が、そこには竹煮草を揺らす風が吹いているばかり。亡母を思う虚ろな作者が浮き彫りにされた類想のない秀句でしょう。

## 文字の読み方について

俳句の勉強は即、文字の勉強に繋がります。これも俳人故の楽しみではないでしょうか。

**灯**（ひ、とも・る、あか・り）

「灯」という字を使った、いろいろな句が散見されます。

**地階の灯春の雪ふる樹のもとに**　中村汀女
**木の芽味噌夜の雨が灯をやはらげり**　皆川盤水

「灯」の場合はこの通りですが、「灯る」は「点る」とも表記されます。字の組み合わせにもよるのでしょう。また「灯り」という俳句もたくさんあります。

涵徳亭はや灯点りし冬桜　清崎敏郎

風はらみ灯りふくらむ夜番小屋　岡本　眸

「灯す」「点く」の例句もたくさんあります。

泊船の昼から灯す雨水かな　能村研三

梅の花いま点いた灯がすぐ消えて　正木ゆう子

**温泉**（おんせん、いでゆ、ゆ）

温泉という字はいろいろの読み方があり、披講者は大変です。文字数に合わせて読まなければなりません。

単に文字数を合わせるだけでなく、上手に使い分けてください。

朝寒く夜寒く人に温泉《いでゆ》あり　松本たかし

温泉に捨湯のにほひ虫鳴けり　陶山八重子

秋の暮温《ゆ》泉坂《さか》小路に温《ゆ》泉の女　保坂リエ

**辺・四辺・辺辺**（あたり）

その辺の場所、付近、周囲などを辺・四辺と表現します。また「辺辺」と書いても「あたり」なのですが、「辺辺」は「その辺」とはちょっと違い、「あそこやここ」「あちこち」という意味を持っています。

白牡丹散るや四辺をちりばめて　能村登四郎

石路に蛇来る日よ四辺澄みわたり　星野立子

## 季語の禁欲

日頃あまり聞くことのない「禁欲」という言葉。俳句は、禁欲の文芸とも言われています。俳句の禁欲もさることながら、季語の禁欲も必要です。今は一年中何でも手に入る世の中です。バナナは山となって一年中店頭にあり、キュウリ、トマトも、いつでも簡単に手に入ります。しかし、どんなものにも旬はあり、旬のものが一番なのです。バナナ、キュウリ、トマト、メロンは夏の季語です。これらの季語は、夏以外には俳句にしない、という禁欲が大事です。自分に厳しくすることは上達に繋がります。夏の季節感のよく効いている句を挙げてみます。

バナナ下げて子等に帰りし日暮かな　　杉田久女
胡瓜刻んでパンに添へ食ふまたよしや　　安住　敦

子の為に朝餉夕餉のトマト汁　星野立子

母とゐてこころ足る夜のメロンかな　中尾白雨

バナナもキュウリも「夏にこそ詠む」と決めたら、きっといい句が生まれます。

## 比喩

比喩は俳句を表現することでもっとも大切な技法の一つです。知らないと言いつつ皆様知らず知らずに作品化させています。分かり易い「比喩」の例句に従って説明してみましょう。

一枚の餅のごとくに雪残る　　川端茅舎

「雪残る」とは春の季語です。冬のうちにたくさん降った雪が春になってもまだ残っている、という句なのですが「一枚の餅のごとくに」の「餅のごとく」が比喩です。どこか人通りの少ないところに人の足跡どころか、全く無傷に綺麗な雪が残っていたのです。その雪を見てまるでのし餅のようだと思ったのです。子供のような純粋さを素直に表現している茅舎をいいな、と思います。他に忘れられない比喩の句を書いてみます。

猫柳女の一生野火のごと　三橋鷹女

結局比喩というのは「見立てる」ということで、対象を描写するときにそれとそっくりの別な物を借りて表現するということです。

# 簡単なことこそ難しい

散らばれるものをまたぎて日短か　　富安風生

誰しも同じようなことをしているのですが、こんな句は作れませんね。掲句は「字足らず」です。が、季語の「日短か」は「ひみじか」とつづけるのではなく「ひ・みじか」と、一音分に相当する休止を入れて読みます。そうして五音と同じ感じにするわけです。

「日短か」は「短日」の傍題です。文字通り、冬になって、日が短くなった、という意味です。どんどん日が暮れてしまう気忙しい中、その辺に散らばるものを、みんなまたいで用事を片づけている作者。見えてくるようです。そして私たちも、同じようなことをして、暮らしています。「短日」という季語を余すことなく使いきっています。

わずか一七音の、俳句のリズムを生かした芸の細かさですね。俳句のうまい人は決して難しい言葉は使いません。簡単なことほど難しいのです。

## 「ルビ」について

◎「どうしてもこう読んで貰いたい」と漢字に無理なルビをつける方がときにいらっしゃいます。そのお気持ちはわかります。が、無理なものは無理です。ルビは必要最小限にしたいものです。作句上の工夫はもっと他のところにあるように思います。

◎初心のころは、平明な言葉で誰にでも理解できるような作風に徹したほうがよいと思います。一句一句の積み重ねが大きな力を養います。いずれその上で人の心の奥深いところに豊かな感動と共感を呼ぶ作品を心掛ければよいと思います。

◎読みにくい言葉、見なれない漢字、聞きなれない言葉を使って作品化した俳人に優れた方はいないようです。

## 字余り

季語そのものが七音以上の場合があります。「バレンタインデー」「天皇誕生日」「勤労感謝の日」ほか、たくさんあります。中七に置いても字余りになるのですが、上五を字余りにして詠み込ませている場合も多いようです。

凡そ天下に去来程の小さき墓に参りけり　高浜虚子
天の川の下に天智天皇と臣虚子と　高浜虚子
夏草に気罐車の車輪来て止る　山口誓子

ほかにも字余りの例句はあります。決して許されないと断言できるものではありませんが、認められるような字余りの句はなかなかむずかしいのです。
そこで私はやはり定型を守っていただきたいと思うのです。

## 俳句の醍醐味は吟行会に

「吟行会に出かけてみようかな」と思ってくださる方に「役に立つかな」と思うことを二、三書いてみます。すべて私の、二〇余年にわたる実作指導の経験から割り出したものです。

### 吟行の心得

①指導者、先輩の句の素材の切り取り方、表現の技巧、感動の仕方を学ぶこと

②大勢の中の一人になること
吟行中は一人になって対象を見つめましょう。

③予習をすること
神社、仏閣、あるいは年中行事等あれば、事前にその歴史、史実等を調べ

た方がよいでしょう。実際に当日訪れたときの、理解度の深さが大きく違ってきます。

また、吟行地に見られると思う植物、あるいは時候等の例句を何冊かの歳時記であらかじめ調べ、書き抜き、声を出して詠い上げ、読み返しては、先輩のよい句を味読します。心が昂まります。心を昂まらせることが大変大事なのです。いろいろ予習が行き届きますと、その日が待ち遠しくなります。

④履き慣れた靴を履くこと

⑤集合時間に余裕を持つこと（自宅から吟行地までの道順を調べておきます。乗り換えの多い場合は意外に時間がかかります）

## 吟行のノウハウ

何でもそうですが、吟行の「ノウハウ」を会得することです。ただ、数回の吟行会で吟行のノウハウなど、分かるはずがありません。すし職人も美容師も、少なくとも四、五年はその世界を深く知るための努力をし、主の技、主の心を盗み「ノウハウ」を身につけます。そして独立するのです。芸の道も同じです。

話は少し逸れますが、身に腫れものが出来ました。中から膿を出さねばなりません。メスを入れるのは医師です。膿を噴き出させるのは、本人のエネルギーです。最終的には、本人の力になるのです。

指導者に期待をかけず、指導者を利用しなさい。あくまで一人でこつこつ時間をかけて研鑽を積むことです。

## おまじないの三句

まず、「もし句が出来なかったら」の不安を取り除くための用意をします。それは、吟行当日、出句してもよいと思う句を、三句書きとめておくことです。「おまじないの三句」です。「おまじない」を持つことによって、その日の気持ちが落ちつきます。気持ちに余裕をつけることが、とても大事です。心も楽しくなります。心が楽しくなれば、当日の実景が敏感に反応し、次々に句が生まれます。

そして、当日の句が生まれたら「おまじないの三句」は、まだ実際に現地を踏んでいないのですから、本当の吟行句ではない、いわば未定稿ですから、出句してはいけません。飽くまで「おまじない」なのです。

事前に用意した句の方が良く見える場合が多いのです。当然時間をかけて作品化したわけですからそのはずです。そのはずなのですが、そこが初心者の初心者らしい考えなのです。指導者は決してだまされません。当日成った句の新鮮さは、人の心を強く打ち、まぶしく光ります。

が、手直しをすることは出来ます。「おまじない」の句に、当日の「日射し」「香り」「風」「日向」を着せてあげます。するとその句が、瑞々しくなります。人形に命を吹き込むようなものです。そうやって当日の命を吹き込んで仕上げた句は、もう未定稿ではなく、立派な当日の嘱目即吟になるわけです。大威張りで当日出句しなさい。

## 雨を詠む

四季を通して雨は俳人にとって大事な要素です。雨の呼び方を二、三書いてみます。季語となっている雨もあります。雨を詠み込むことによって一七音全体が潤い、思いがけない効果が生まれることがあります。

**一、私雨**（わたくしあめ）

限られた小地域に降るにわか雨を私雨といいます。私のところは雨が降っていて対岸は晴れている、そんなことがよくあります。

**二、日照雨**（そばえ）

日が照って降っている雨のこと。（ひでりあめ）と表現する場合もあります。

遠山の虹美しき日照雨かな　町　春草

**三、地雨**（じあめ）

本降りになってしまった雨のことを地雨といいます。

時雨つついつか地雨の都心かな　保坂リエ

この句のように降ったり止んだりしていた雨が本降りになることです。

**四、豪雨**（ごうう）**どしゃ降りの雨・大雨**

山豪雨全山滝となりにけり　福田蓼汀

**五、膏雨**（こうう）**ほどよい雨・めぐみの雨**

萍に膏雨底なく堪へけり　前田普羅

**六、寒九の雨**（かんくのあめ）

寒に入って九日目の雨を寒九の雨といいます。必ずしも九日目でなくとも寒の内であればいいと思います。「雪」であれば「寒九の雪」になります。

**七、濡れそぼつ**（ぬれそぼつ）

びしょびしょに濡れてしまうこと

濡れそぼちつつ疲れ鵜の光りたる　加藤三七子

八、降らずみ（ふらずみ）

降りそうで降らないことを「降らずみ」といいます。〈降らずみの空持ち上げて夏木立〉鬱蒼とした夏木立がまるで降らずみの空を持ち上げているようだと作者は思ったのです。

## ●雨を詠むための季語

**薬降る**（くすりふる）

陰暦五月五日を薬日といい、この日の午の刻（正午）に降る雨のことをいう、と歳時記に記され夏の季語です。ちょうどその頃は新緑の只中です。体に悪いわけはありません。昔の人はいいことを言ったのですね。五月五日の正午に降る雨にあたってみてはいかがでしょう。また、この日雨が降ると翌年は五穀豊穣といわれています。

くすり降るよと手に額にうけとむる　塩崎　緑

この作者も五月五日の雨を喜び正午に外へ出て雨を体中で受け止めたのでしょう。夢があっていいですね。

**卯の花腐し**（うのはなくたし）

「うの花のにおう垣根に」と小学生の頃唄っていましたが、その卯の花の咲く頃に降り続く長雨のことです。「くだし」とにごらせる人もいますが、どちらでも間違いではありません。卯の花をくさらせるように、しとしと降りつづける雨のことで、初夏の季語です。

卯の花腐し山国は墓所多し　飯田蛇笏

山に咲く卯の花腐つ雨ならん　高木晴子

ひと日臥し卯の花腐し美しや　橋本多佳子

**驟雨**（しゅうう）・**秋驟雨**（あきしゅうう）

真夏の俄か雨のことで季語です。ほとんど夕立と同じですが、最近、夕立とは別に驟雨として詠まれることが多くなりました。木々の青葉をたたき、大地にしぶきを上げて急に降ってくる驟雨は実にいさぎよいものです。その上夏の暑さをいっとき忘れさせ、いかにも夏らしい感じがします。ときには、秋の夕立を指すこともあります。

驟雨下の合掌部落三時打つ　加藤楸邨
河豚の子が驟雨に口を浮かしくる　後藤七朗
烏賊舟の数珠火かき消ゆ秋驟雨　文挾夫佐恵
美しといふ間暫く秋驟雨　星野立子

**秋霖**（しゅうりん）・**秋黴雨**（あきついり）

驟雨が夏の烈しい雨ならば、秋霖はしとしとと降りつづく秋の長雨のことです。一日ごとに冷えも加わり日が短くなります。じとじとと梅雨のように降りつづきますので「秋黴雨」とも言います。

秋霖にうしろ淋しく暮れてをり　稲田眸子

秋霖の音の畳の翳とあり　長谷川素逝

**秋霖雨**（あきりんう）

秋霖と同じに、秋の長雨のことですが、〈霖雨〉は何日も降りつづく雨の文語的表現です。俳句は文字数が生命の詩ですから「秋霖雨」は五音、「秋霖」は四音です。文字数によって使いわけたらいいでしょう。

秋霖雨あがりし朝の釣仕度　佐藤いさむ

陶房の夕べの冷えや秋霖雨　白井常雄

## 着眼・何を句にするか

俳句を作るときの着眼が大事です。虚子の一句目「さくらんぼ」の着眼は「茎」にありました。二句目「白牡丹」は「色」です。三句目は、なんと「狐の顔」でした。

茎右往左往菓子器のさくらんぼ　高浜虚子

昭和二二年七月一日、虚子七三歳のときの作品です。菓子器に盛られた「さくらんぼ」の「茎」をクローズ・アップさせています。着眼は「茎」にありました。もとより「さくらんぼ」が動くはずはないのですが、無造作に盛られた、さくらんぼの茎は、あちら向きこちら向き、上向き、下向き、と右往左往しているように見えたのです。虚子の写生の有力な方法は、一瞬の思考のすべてを停止して眼界にある「もの」のみを無心に受けとめて作品化してゆくことでした。

## 白牡丹といふといへども紅ほのか　高浜虚子

大正一四年五月一七日、虚子五一歳のときの作品。虚子の名句、代表句のひとつとして、この句を挙げない人はいないでしょう。

この句の着眼は「色」にあったわけです。「紅ほのか」ということで、白牡丹の白を称えています。読むときの調子は「白牡丹」と読んで休止します。真っ白なふっくらとした牡丹の大輪が彷彿としてきます。「といふといへども」と、この中八音の字余りが俳味。この俳味こそが、全俳句界を掌握した虚子独特のものだったのです。そして「紅ほのか」と色を強調しました。

## 襟巻の狐の顔は別にあり　高浜虚子

昭和八年一月一二日、虚子五八歳のときの作品。虚子の句に〈女を見連れの男を見て師走〉があります。なんとも艶っぽく、罪のない男の妬心が見え隠れして、読む人をにんまりさせるような好句です。この句は襟巻をした女ではなく、襟巻についている狐の顔が着眼です。当時は毛皮の襟巻と言えば誰でもができるものではなかったと思います。

美しく着飾った「女の顔」とは別に「狐の顔」があったと表現、その意外感、滑稽感を表現、俳諧的な笑いを読み込んでいます。「俳諧的な笑い」、これがこの句の味わいです。

絵を画く人に絵心、句を作る人に句心、俳人にとって句心の灯は、常に点しておきたいものです。不思議にそのような人にはまるで神のお告げ（インスピレーション）のようにたちまち完成されたかたちで一句が授かることがあります。句心の灯の消えているときは、俳句は授かりません。

俳句は「季語」が命といわれています。一句の中で季語がどう生きているかが問われます。例えば噴水は夏の季語です。五月から夏ですが、噴水を五月に写生するのは「着眼」がよいとは言えません。もっとも暑い七月の末ごろ、涼を呼ぶために「噴水」の季語で作品化する、というのは「着眼」がよいと言えます。すべて「季語が生きる」ように目を向けることが大事です。それが「着眼」です。

## 送り仮名について

「先生、『夏休』の『み』は要るのですか？　歳時記を見てもいろいろで、どちらが正しいのか分かりません。教えてください」

というお便りが届きました。同じことに、「朝曇り」の「り」があります。

他にも数えきれないほどあります。

「夏休み」　「夏休」　？
「朝曇り」　「朝曇」　？
「吊り橋」　「吊橋」　？
「祭り」　「祭」　？
「話し」　「話」　？
「干し柿」　「干柿」　？

夏休み犬のことばがわかりきぬ　平井照敏
山に石積んでかへりぬ夏休　矢島渚男
いつの間に母らしいわれ夏休　星野立子
忙しさをたのしむ母や夏休み　阿部みどり女
朝曇り墓前の土のうるほひぬ　飯田蛇笏
朝曇港日あたるひとところ　中村汀女
甕はその重みに坐り朝曇　村越化石
朝曇芋の下土乾きゐて　篠原温亭

## 送り仮名のルーツ

日本人は、中国の漢字を借りて日本語を書き表わす方法を工夫してきました。その際に、読み誤らないように〈適当に〉仮名を補ってきたのが送り仮名です。従って、送り仮名に絶対の決まりはありません。

## 現代の基準

〈送り仮名は自由〉というと学校教育などで混乱するので、今日では「送り仮名のつけ方」（始めは一九五九年、その後二回改定されています）という基準が国から出されています。これには、公用文書・マスコミなどの〈よりどころ〉であり、個人の表記には及ぼさない、という前書がありますが、多くの人々が個人的な文章の場合もこれを基準にしているのが実態です。

（広辞苑辞典編集部ホームページより）

## 作句表現

「送り仮名に絶対の決まりはない」ということは、自由と言えば自由です。それだけに作者に判断が委ねられる難しさもあります。

基本的には「名詞」の場合は送り仮名はつけません。「動詞」の場合は送り仮名をつけます。ただ実作している中で、ケースバイケースはあると思います。そのときは、指導者に伺ってみればよいでしょう。

## 表現は感性

句が出来たら書いてみましょう。漢字が続く場合は、漢字と漢字の間にひらがなを入れると、句が柔らかくなり優しくなります。

一般的には、漢字表記は重々しく重厚で格調も出ます。季語によっては、漢字を使わないほうがよい場合もあります。逆に、ひらがなは、軽やかで動きが出ます。漢字とひらがなの表記を、作品の内容にあわせて使い分けなければなりません。その思いは作者の感性になります。たとえば、

夏休犬のことばがわかりきぬ

夏休み犬のことばがわかりきぬ　　平井照敏

一句目は漢字が続き、見た目が窮屈そうです。「み」というひらがなを一字入れることで全体が大らかな感じになります。その上作者の心の弾みも伝わってきます。

## 初心に返る

俳句を始めますと、五年や六年はあっという間です。そして一〇年一五年二〇年とつづきます。ときどき「初心に返る」ことは新鮮な感動があるものです。今回は長い間俳句をしている方も初心に返ってみましょう。

### 初心者時代

俳句は、言いすぎない、考えすぎない、飾りすぎない、上手に見せようとしない、ことが大事です。

初心者時代は、すべてその逆です。言いすぎ、考えすぎ、飾りすぎ、何とか上手に見せようとする。わかりますねえ。私も身に覚えがありますもの。どんなに偉い先生にも、必ず初心者時代はあったはず。みんな同じですよ。心配いりません。

一番多いのが、詰め込みすぎ。たった一七文字（音）の中に、あれもこれも、詰め込もうとすると、「この人、一体何が言いたいんだろう」と首を傾げます。全く焦点の見えないものになってしまいます。そこで今回は、作句上の注意を、幾つか掲げてみます。実作の参考にしてください。

## いひおほせて何かある

虚子俳話に「いひおほせて何かある」があります。もっとも短い、ということを、長所にしなさい、ということです。厳しいですね。でもそれが俳句です。

喜び、驚き、悲しみを、言葉少なく、短い言葉で伝え、聞く人は、かえって大きな感動を覚える。短く叙して、長く響くことを、志しなさい、と教えています。

「長く響く」それが余韻であり、余情です。例えば除夜の鐘の、あのゴーンという何とも言いようのない、厳かな鐘の響きのように、いつまでも響いているように、ということです。

しかし、言うは易し、ですね。「あっそうですか、わかりました」とはゆきません。ただ、そのことを、わきまえて作句するのと、知らずに、ただ我武者羅に作句するのとでは、進歩の度合いが違います。ときどき「いひおほせて何かある」を思い出してください。

## 俳句は年をとりません

芭蕉は、寛永二一年（一六四四年）伊賀（三重県）上野赤坂町に生まれました。三五〇年前の句が、現在にも違和感なく、鑑賞も実作も出来るということは、俳句は年をとらない、のだと思います。

秋深き隣は何をする人ぞ　芭蕉

冬に近い寒い夜の寂寥感が一句の生命です。

隣の人は何をする人なのだろう。沈黙の世界の中に居る隣人に、限りなく芭蕉は心惹かれているのです。会ってみたい、しみじみと対話がしてみたい、芭蕉の人間思慕、隣人思慕の心が作らせた一句でしょう。

この句が「絶唱三章」の終わりの章句と言われているということですが…

…。

現代の人々も「隣は何をする人ぞ」の世ではないでしょうか。

物いへば唇寒し秋の風　芭蕉

「口は禍のもと」といいますが、「あんなことを言わなければよかった」と思う、苦い経験は誰しもあると思います。三〇〇有余年前も、今も少しも変っていないのです。この句は、芭蕉の自戒の句なのでしょう。人中でふと口を滑らせてしまった芭蕉。気のせいか、唇のあたりがさむざむとしたのです。秋風の中に立って心悔やまれているのでしょうか。「唇寒し」の「寒し」は言葉としての「寒し」であり季語は「秋の風」です。「言わずもがな」のことを「言ってしまう」ことは人類の絶える迄つづくことでしょう。

あら何ともなやきのふは過ぎてふくと汁　芭蕉

「ふくと汁」とは「河豚汁」のことで冬の季語です。「あらなんともなや」で切ります。上八の字余りが何とも暖かい人柄を思わせていいですね。ああなんともなくてよかった。昨日、ふぐ汁を食べた後、中毒するのではないかと心配でたまらなかった、がその昨日も何事もなく過ぎて、もう安心だ。という句意です。昔も今も、誰にでも分かる句はいいですね。難しい言葉や、人が読めないような文字はなるべく避けたいものです。

（参考文献『俳句の解釈と鑑賞事典』）

## 自然との対話——存問・挨拶

「存問」を『広辞苑』で引きますと、(「存は見舞う意」安否を問うこと。慰問すること)とあり、俳句では広く、挨拶の意味で使われています。その挨拶も、自然に対する挨拶と人間に対する挨拶があります。

五月雨を集めて涼し最上川　芭蕉

自然を諷詠した挨拶句です。芭蕉は元禄二年に半年かけて奥の細道の旅をしています。この途次、山形県大石田の俳人、高野一栄宅で歌仙が巻かれました。「五月雨」はそのとき出向いた芭蕉の発句です。発句とは、庵主に挨拶のために作る今でいう俳句のことです。

最上川に臨む一栄宅を心に、最上川を写生しました。自然を讃え、さらには庵主へのお礼の気持ちを、「涼し」に籠めたのです。芭蕉の人柄を偲ぶに余りある一句です。

発案はこの形でしたが、芭蕉は最上川の急流を下った実感から、次のように改めました。

五月雨を集めて早し最上川

「涼し」から「早し」となることで、人への挨拶は後退しましたが、それ以上に自然のスケールが大きくなりました。

次に、人への挨拶句を挙げてみます。

山国の蝶を荒しと思はずや　　虚子

虚子という俳人があなたにこんなふうに俳句で挨拶してきたとします。どう答えますか。

この句は、虚子が小諸に疎開中の昭和二〇年五月一四日の作品です。京都に住む虚子の高弟で「ホトトギス」同人の田畑比古と虚子の長男・年尾と三人で句会をしました。そのとき虚子が、戦時下、京都からはるばる訪ねてきてくれたお弟子さんに、親しみと慰問を込め、「挨拶」したのです。虚子は精いっぱい、田畑比古を歓迎しているのです。

温かい虚子の心は、五〇年以上の歳月を超えていながら、昨日のことのように、人を感動させます。

虚子をひいおじいさんに持った稲畑廣太郎氏の『曽祖父　虚子の一句』によれば、「どや、山国の蝶は荒々しく感じるんとちゃいまっか」という意味だそうです。大俳人・虚子の温和な笑顔が彷彿としてきます。俳句は、味わえば味わうほど味のある文芸です。

## ご質問に答えて

**Q　俳句に方言を入れてもいいですか**

**A**　俳句は標準語が基本です。よほど全国的に知られている言葉でない限り無理かと私は思います。近隣の方同士で吟行会をした場合に限り、許されることがあるかもしれません。なるべく使わないほうが無難です。

## Q　推敲とは

**もう少し推敲してください、と言われてもどう推敲したらよいのかわかりません。推敲について詳しく教えてください。**

**A**　推敲するに当っては、何が一番大事なのか、何を俳句にしたいのか、という俳句の主題と第一発想をあくまで大切にすることです。

まず、できた句を原句としてその句の欠点を探します。同じ意味のことを二回言っていないか、どうか。季語は重なっていないか、どうか。あるいは季語が入っているか、どうか。季語との関連はどうか。欠点探しに徹することです。簡単なようですが、これがなかなかできていない句が多いのです。逆に、考えすぎて意味不明になっていることも少なくありません。推敲をすればするほど、何を言いたいのか第三者に伝わりにくくなる場合があります。作者は自分の句を自分で作っているのですから、その内容はよくわかっているのです。独りよがりの句になっているわけです。その句を得意になって句会に出しても、誰にもわからないので、総スカンということになります。推敲を重ねてできた作品の最後の仕上げとして、客観化されているかどうかを見直します。その作品をもう一度、他人の心で読み直してみてください。そのとき、最初に口をついて出た原句のほうが完成された作品だったということは少なくありません。

**Q1　俳号は誰がつけるのですか**

**Q2　俳号をつけるとどんな効果がありますか**

**A1**　特に規定はありません。が、ときに師の名前の一字を貰って俳号を授与される場合があります。師の分身になるわけですから簡単にその俳号は貰えません。その場合はその師が俳号をつけます。でも多くの場合は自分でつけているようです。

**A2**　俳号をつけると自分とちがったひとりの俳人になったような気がして、俳句を楽しむことができるかも知れません。特に仕事を持つ人は簡単に浮世をすてることはできませんから、浮世の自分とは違った別の自分に変身できたように思えるわけです。仕事着からレジャー用の服に着替えた自分が生まれます。また、自分の名前を自分でつけられるとは楽しいことではありませんか。俳号を持つことは悪いことではないと思います。

Q　定型と破調

俳句は五七五の定型が基本となっており、この形を守らなければならず、特に中の七文字の字余りはいけないとのことですが、どうしてでしょうか。歳時記などでもこの定型が守られていないものもあるようです。教えてください。

A　おっしゃる通り、俳句の定型は五七五の一七音ですが、そのほかに破調といって外れた調べの句も少なくありません。非常に有名な句で六七五音の句、

赤い椿白い椿と落ちにけり　河東碧梧桐

山又山山桜又山桜　阿波野青畝

また、五七六音の句、

花衣ぬぐやまつはる紐いろいろ　杉田久女
四辺枯る目つむりてゐてこの明るさ　岡本　眸

このような破調はよく見かけます。言いたいこと、詠いたいことの感情の波が激しくなったとき、やむにやまれず一七音の定型の基本が崩れます。そうすることによって一句に奥行きが生まれ、俳味のある句になることがあります。おたずねの「中七の字余りはいけないこと」という断定はできません。ここで大事なことは、定型の基本をぎりぎりまで追求し、駆使した結果、やむを得ず生じた例外でなければなりません。安易に定型を無視するのはいけないことです。初心のころは定型を守ったほうがよいと思います。俳歴を重ね、やむを得ず字余りになった句は指導者に見ていただき、その指導者が「よし」と言ってくだされば、それはそれとして大切にしましょう。

**Q　俳句の回想はゆるされますか**

**A**　我と来て遊べや親のない雀　一茶

この句は一茶が五七歳のとき、少年時代を追憶して記した句といわれています。感激したこと、印象深い景などは、ある日ふと甦ることがあります。それはそれで作品化してもよいと思います。

## Q　季語の大切さと必要性を教えてください

A　俳句は季節を詠うものです。春、夏、秋、冬、それぞれの季節から季語が生まれ、季語に即して俳句を作っています。季語が入らなければ俳句とは言えません。その季語は歳時記に納められています。ただ季語を知っているからといってその季語を使って俳句を作っても充分とはいえません。例えば「秋風」を肌に感じたとき、「この風は明日はもっと冷えてくるのであろう」そして「日暮れも早くなるであろう」「往く人の着ているものもだんだん秋から冬へ移ってゆくであろう」と、秋より冬に移る季感を大事に身につけた上で「秋の風」を詠むことです。冬、春、夏についても同じことがいえます。季感を体得しながら句を作ります。そしてそういうことを身につけて始めて俳人と言えるのです。

Q　神戸の震災は記憶になまなましい身近な大事件です。それにも拘わらず震災忌といえば、大正の関東大震災をさします。いったい季語は誰がどのように作るのでしょうか。

A　平成七年四月『悲傷と鎮魂——阪神大震災を詠む』という本が朝日出版社から出版されています。「現代を代表する歌人、俳人、詩人、作家二九七人が樹ちたてた鎮魂の紙碑」と書かれています。何句か挙げます。

地震裂く寒満月が引く力　矢島渚男
地震に根を傷めし並木下萌ゆる　稲畑汀子
島山を走る断層草萌ゆる　大野雑草子
突如来る地震に列島凍て返る　保坂リエ

どの句にも必ず当季の季語が入っています。「阪神忌」という独立した一句で、例句になるような句が出来ればそれは「阪神忌」として歳時記に掲載されると思います。大勢の人が認める名句が出来たとき、季語としてとり上げられるそうです。

**Q　俳句はなぜ歴史的仮名遣いなのですか。また、現代仮名遣いで書いてはいけないのでしょうか。**

**A**　歴史的仮名遣いでなければいけないということはありません。現代仮名遣いに統一している結社もあるほどですから。したがって現代仮名遣いでもいいわけです。ただ、ひとつだけはっきりしていることは、一句の中で現代仮名遣いと歴史的仮名遣いをいっしょにしてはいけないということです。

ご存知のように昭和二一年（一九四六）、現代仮名遣いが公布されるまでは、一般に歴史的仮名遣いが用いられていたわけですから、今の俳句指導者のほとんどが歴史的仮名遣いで俳句を作品化しています。

「俳句」という呼び方の歴史はそう古くはありません。明治の初めごろまでは「発句」といっていました。むろん、そのころには現代仮名遣いが生まれていなかったわけですから、今のような戸惑いはありませんでした。その発句とは、松尾芭蕉が心血をそそいだという、いわゆる「俳諧の連歌」、すなわち歌仙です。三六句の長句（一七音）と同数の短句（一四音）で成立しています。その一句目を発句といっていたのです。その発句の一七音を独立させ、「俳句」という文学をめざしたのが正岡子規です。高浜虚子が発刊した俳誌「ホトトギス」が、その勢いを広げていきました。

いま、俳句界の大山脈ともいえる「ホトトギス」は歴史的仮名遣いに統一されています。年齢的なこともあるのでしょうが、俳句界の大部分のかたが歴史的仮名遣いで俳句を作っています。

しかし昭和二一年以降は教育のすべてが現代仮名遣いになったので、その世代のかたたちの俳句では当然、現代仮名遣いが優勢になっています。あえて歴史的仮名遣いに訂正しない場合もあり、本人の意思を尊重する傾向が強くなっています。

**Q　自分の子や、特に孫を句にするのは難しいと聞いています。ある俳人の方は、「孫、孫。まごまご俳句」などと揶揄され、孫を詠んだ投句は、はなから選句しないとまで言われていました。子供とか孫から距離を置いて詠むことの難しさだと愚考します。詠んでみたいのですが、どうしたらよいのか、ご教示ください。**

A　可愛らしいお孫さんの句を作るのは自然ですし、いけないことはありません。句がよければそれでいいわけです。ただ、可愛さの余り溺愛したままを詠み、一句が甘くなるということと、独りよがりになることがあります。おっしゃるとおり「まご俳句」という言葉もあります。しかし、そんなことを言わせないようなお孫さんの句を立派に作品化してください。

句は自分のために作るのです。誰がなんと言おうと笑おうとお孫さんの成長日誌を句でつづったら、すばらしいではありませんか。家族に対して何よりのプレゼントになるでしょう。ご健吟を祈っています。

**Q　俳句に使われている「てふ」「如し」の使い分けを教えてください。**

**A**　「如し」は比喩のことです。物事を説明するときに、それと類似したものを借りて表現することです。大変わかりやすい例句を引いてみます。

一枚の餅のごとくに雪残る　川端茅舎

人に踏まれることなく、ふわっときれいに残っている雪をお餅のようです、と写生した有名な一句です。

「てふ」とは「という」ということです。例句を引いてみますと、

ハーブ粥てふ七種粥もありし

この場合、ハーブ粥という七種粥もあるんですよ、ということになります。
何か時代を感じる句ですね。

Q　一七文字もこのごろではカタカナの言葉が増えて、どのように字数（文字数）を数えたらよいのか迷うことがあります。ペットボトル、コマーシャル、ワープロ、ファッション、ファックスなど、ほかにもたくさんあると思いますが、よろしくお願い致します。

Q　蝶々＝てふてふ、流星＝りゅうせい、躊躇＝ちゅうちょ、昼食＝ちゅうしょく、このような場合の語数の数え方は、漢字で表わした数としてはいけないのですか。ほかにも多数ありますが。

A　一七文字といいましても、正しくは一七音です。最近は特にカタカナ語が多くなっています。時代の流れによって言葉も生活様式も変わりますので、しぜんに俳句にも影響してきます。俳句の実作者である私たちが直面する大きな問題のひとつです。が、あまり難しく考えず、一句ができましたらまず、大きな声で自分の句を暗唱してみることです。

芭蕉の言葉に「句調はずんば舌頭に千転せよ」があります。カタカナ俳句が出来たときは、大きな声を出して読み上げてみてはいかがでしょうか。おのずと答えが出ると思いますし、調子が整っていれば、その答えは正しいのではないかと思います。

次に、文字と音について記しておきましょう。

「ッ」の促音や「ー」の長音は一音と数え、「ャ」「ョ」など拗音は音の数に含みません。例えば、

ペットボトル　六字＝六音
コマーシャル　六字＝五音
ワープロ　　　四字＝四音
ファッション　六字＝四音

まだまだ限りなくありますが、「舌頭に千転」して一句が滞りなく無理なく読み上げられれば、それでいいと思います。特に一七音からひどくはみ出

さない限り、臨機応変に詠みこんだらいいと思います。
また漢字の場合も、やはり文字数ではなく、音数になります。一句の形を見なければ何とも申し上げられませんが、「躊躇」は「ためらひ」、「昼食」は「昼餉」と表現したほうがふさわしい場合もあります。

文字数にあまり拘らないほうがよいでしょう、と申し上げる反面一七音という厳しい世界です。拘らず、拘り、いい作品をめざしたいものです。今回は文字、文字数に拘るお話。

## 年賀状に書く俳句

秋風が吹き始めると、年賀状のことをあれこれ考え始めます。

年賀状に一句したためる、というのはとてもいいことです。が、安易に一句は書かないほうがいいでしょう。俳句のわかる人に、なんだろうこれは、と思わせるような俳句を送っては恥をかくだけです。一応、指導者に目を通してもらいましょう。

話はちょっと逸れますが、私の知人に小唄の師匠がいます。その人の話によりますと、小唄を知らない人に小唄を聞かせたとき、聞いた人が聞き終わって、「小唄っていいですね。私もやってみようかしら」と言うような、小唄を聞かせなければいけないのだそうです。私はいつも、「小唄」のところに「俳句」を置き替えてみます。「私も俳句を作ってみようかしら」と思わせる一句を生むのは、大変です。出来れば「私も俳句を作ってみようかしら」と思わせるような俳句を送っていただきたいです。

## 新年の俳句

何処の俳句会でも、新年には初句会があります。句会始、初懐紙、あるいは昔風に、初運座、運座始、と言いますが今は、あまり使われていません。何処の結社も初句会は、年の始めの儀式のようなもの。出席なさい。初句会に出席しないと、その年が始まりません、という人もいます。

初句会浮世話をするよりも　高浜虚子
年新た初心といへる篤きもの　小澤香り
初句会重ね喜び重ねけり　上原有紗
透きとほる声の名乗りや初句会　今井哲也
納めるも仕事始も厨から　武藤節子
嫁の味しきりに誉めて雑煮椀　上段民恵

開けてみるまでが福かも福袋　濱　郁子

まゆ玉や一度こじれし夫婦仲　久保田万太郎

おやおや、新年早々縁起のいい話ではないですね。が、みんな目を輝かせて読むんですよ。不思議に人間は人の不幸を何処かで心地よく思う心が潜んでいるからです。

万太郎、昭和三〇年の作。その頃万太郎は東京湯島に住んでいました。しかし万太郎の女性関係の問題から夫婦仲はこじれていました。部屋には新年らしくまゆ玉が飾られ、豊かで幸多いことを祈るまゆ玉の下で、顔を合わせても一言も口をきかない夫婦。

「一度こじれた夫婦仲はそう簡単にもとに戻るものでもない。仕方のないことだ」

とあきらめとも居直りともいえる気持を詠んだものです。新年の豊かさを象徴する縁起物、繭玉と、とげとげした人間関係という対応が詠ませどころになっている一句です。

## 若かりし妻若からず初鏡　日野草城

草城家の家族構成は、草城と夫人と愛娘の三人でした。夫人は、作家としての草城の原稿、手紙の代筆、心のケアもなされていました。そんな夫人は草城にとって天女のような存在であり、なくてはならぬ妻だったのです。その妻が五〇の齢を迎える頃の作品です。〈初鏡娘のあとに妻坐る〉の作品もあり、初鏡に託して、婚期の近づいた令嬢と、五〇歳を迎える夫人を写生したものです。草城のなみなみならぬ愛情の深さがこの作品の奥に秘められています。家族を詠む愛情の深さがこの作品の詠ませどころになっています。

## 古語と俳句

俳歴の長い人は知らず知らず、古語を上手に詠み熟しています。それほど古語と俳句は深い関係にあります。俳句によく使われる古語を例句に添って書いてみます。

**あえか＝いかにも弱々しい・きゃしゃ・繊細**

種芋のこのあえかなる芽を信じ　山口青邨

余りにも弱々しい種芋の芽を案じていた作者、が、きっと明日からはたくましく育つであろうと、そのいかにも弱々しい芽を信じることにした、という句意。

鳩の足あえかに赤し落葉踏む　保坂リエ

この句で「あえか」がよく理解できたと思います。鳩の足は細くて華奢、そして赤い。

## あらまほし＝そうあってほしい、ということ

黄菊白菊一もとは赤あらまほし　正岡子規

黄色い菊と白い菊が活けてありました。その中に赤い菊が一本あればいいなあ、と思っている作者です。

## いとど＝ますます・いっそう

酒のめばいとど寝られぬ夜の雪　松尾芭蕉

芭蕉に心配ごとがありました。酒をのめばますます寝られなくなるであろう。外は音もなく雪が降っている。芭蕉の淋しい一と夜。

**いほ＝自分の家をへりくだっていう言葉・草庵**

庵の萩賞めてゆきける紙屑屋　後藤夜半

昭和の初期には屑屋という商売がありました。一軒々々古本や古新聞を、秤を持って買い歩くのです。この句の場合も日当りのいい庭の一と齣。古本など買いながら萩を賞めているのでしょう。いい時代でした。

**おのがじし＝各自それぞれ・思い思いに**

鶏頭は次第におのがじし立てり　細見綾子

七、八〇センチあまりのたくましい紅色の茎を直立し、それぞれ妖艶な花を咲かせているさまを詠んだものです。

**きはやか＝際やか・際立っている**

水引の白は紅よりきはやかに　五十嵐播水

茎の先から細長い鞭のような花軸を伸ばし濃い赤色の細かい花をびっしりつけて、草むらを彩ります。白はやはり目立ちます。特別際立って白が咲いていたのでしょう。

**くすし＝薬師・医師・医者**

医者《くすし》われ癒らぬ風邪に咳つづく　水原秋櫻子

秋櫻子は医者でした。医者の不養生、と言いますが、思うように休養もとれず、とうとう風邪をこじらせてしまい、咳込むようになってしまった己を句にしたものです。

雪渓に眼をいためしと医師かな　渥美春水

**けは・ふ＝化粧ふ　化粧すること**

化粧ふれば女は湯ざめ知らぬなり　竹下しづの女

逢ひたしの文にしぐるる日を化粧ふ　保坂リエ

二句とも女性ならではの句です。「化粧」とはっきり言わず、言葉に薄いベールを着せます。古語に限らず、俳句は直接的ではない方が表現がまろやかになります。

**しか・す・がに＝然すがに　そうはいうものの・そうではあるが**

しかすがに越後のどこも稲架襖　青村萌生

しかすがに雪にときめく心あり　瀧　春一

**しづえ＝枝の下の方**

侘助のしづ枝暮れゐる龍安寺　石原八束

日頃使いそうな「しづ枝」ですね。何時も見ている木々の下の方の枝のことです。龍安寺の夕景を侘助に託して成った句です。

## すずめいろどき＝雀色時　たそがれどき

雀色どき大蛤を食ふ　藤田湘子

「たそがれどき」を「雀色時」と言いますが、日頃見かけませんね。湘子の句「大蛤を食ふ」こんなときには「夕暮に」では、句になりません。「雀色どき」が効いています。

## にはたづみ＝潦　水溜まりのこと

水溜まりのことをいいます。雨のあがったあと、ちょっとした窪みに水が溜まることがあります。例えば〈落花敷く掌ほどの潦〉。この句は桜の散るころ、ちょうど掌ほどの水溜まりがあったのです。その水溜まりに、桜の花びらが散り敷いていたという私の写生句です。

松の花きのふはここに潦　山口誓子

春蟬や午後はなかりし潦　岸風三樓

落花敷く掌ほどの潦　保坂リエ

潦（にはたづみ）はよく句座に出ます。知っていれば便利な言葉です。

**はり＝玻璃・玻璃戸　ガラス戸のこと**

寒雷やびりりびりりと真夜の玻璃　加藤楸邨

句にするとき「ガラス戸」とは言いません。「玻璃戸」と表現してください。

**はらから＝同胞・兄弟姉妹**

はらからの訪ひつ訪はれつ松の内　星野立子

鮟鱇鍋はらからといふよき言葉　鈴木真砂女

「はらから」は、お正月、法事などによく使われます。

## みそなはす＝「見る」ことの尊敬語

雪の日は雪みそなはす寝釈迦かな　山田みづえ

純白の雪をご覧になっている寝釈迦を写生したものです。いいですね。

# 第二章　句の形を整える

原　句　足留めてそつと目を閉じ梅の香が
添削例　そつと目を閉ぢれば梅の香りをり

一句に「動詞」の多用は危険です。動詞を重ねることによって、少しずつ感動がうすれて散文化するからです。それに目を閉じて歩いたりしては危ないですよ。特に梅林、或いは梅園にいらっしゃって梅の香りを聞いているのですから尚更です。「足留めて」の上五は省略します。「梅の香が」と助詞で止めてあるのも落付きません。「梅の香りをり」とはっきりさせます。清楚で気品高く早春、百花にさきがけてまず白梅が咲きます。やや遅れて紅梅が咲きます。白梅は早春の冷やかさを感じさせ、紅梅はやや遅れて咲く故か暖かく親しく「一句作ってくれませんか」と呼ばれているようにも感じます。

季節＝初春　季語＝梅
傍題＝梅の宿、梅の里、梅の主、梅見、他

原　句　ふるさとはまだ雪の中蕗のとう
添削例　ふるさとは雪東京に蕗の薹

この句は整理をしないと判別しにくい曖昧さがあります。「ふるさとはまだ雪の中」の中七は作者の心の中にある一景なのです。季語は「蕗の薹」です。心景と季語を具体的に関連させなくてはいけないのです。俳句は理屈ではありませんが理論の裏付けが必要です。もう少し丁寧に時間をかけて考えて下さい。ふと庭隅に見つけた蕗の薹「春がきましたよー」と告げているようにに緑色の花芽を上げている。その瞬間「東京はもう春なのに」と故郷に心を馳せた作者。雪に埋もれた故郷と蕗の薹が作者の頭の中に重なっているのです。

季節＝初春　季語＝蕗の薹
傍題＝蕗の芽、蕗の花、蕗のしゅうとめ

原　句　老二人猫のきりようを云々し
添削例　恋猫の器量云々して楽し

猫は季語じゃないのですよ。しかしよく猫は句材にされます。やはり猫も器量よしの方がいいのですね。猫の器量を云々しているのどかな生活の一齣です。もう子供を育て上げ、今はゆっくり二人で生活しているのでしょうが、老二人の「老い」はなるべく避けてどうしても「老い」が必要のときだけにしたいものです。老人でなくとも猫の器量は云々します。無責任に猫の器量を言い合っている楽しく幸せなときです。やはりその情景を伝えたいものです。丁度春まだ浅い頃赤ちゃんの泣くような声をして猫が鳴いているのを聞いたことがあるでしょう。その猫を恋猫と呼んでいます。

季節＝初春　季語＝恋猫
傍題＝猫の妻、うかれ猫、春の猫、孕み猫、他

原　句　逝き主を送るが如く咲く桜
添削例　逝く人を見送る如く花咲けり

「逝き主」は「逝く人」でよいかと思います。どういう人を「逝き主」と表現なさったのかわかりませんが、客観的ではありません。下五の「咲く桜」は調子がよすぎて一句が軽くなります。句柄が追悼なのですから、地味に「花咲けり」でいいと思います。俳句で「花」といえば「桜」のことです。

季節＝春　季語＝桜
傍題＝花、染井吉野、深山桜、桜月夜、庭桜、朝桜、夜桜、他

押入れに使はぬ枕さくらの夜　桂　信子
夜桜やうらわかき月本郷に　石田波郷

原　句　飛ぶ花に少女歩みを止めにけり
添削例　立ちどまる少女は花ふぶく中

「飛ぶ鳥」に違和感はないのですが、「飛ぶ花」には少々違和感を感じます。桜はひとひらひとひら散りますので、花びらは飛ぶことがあっても花は飛びません。花と花びらを丁寧に詠いあげる心構えが大事です。桜は「飛ぶ」ではなく「散る」でしょうね。あまりの美しい花吹雪にしばらく少女は立ちつくしてしまったのでしょう。絵になるような句ですね。

季節＝春　季語＝落花
傍題＝花吹雪、散る桜、花筏、飛花、花屑、桜吹雪、他

まつすぐに落花一片幹つたふ　深見けん二
消えてゆく噂のやうに桜散る　保坂リエ

原　句　鳥雲を見上げて故郷母の面
添削例　鳥雲に入る故郷の母想ふ

「鳥雲を」やっと覚えた季語を使いたくて使いたくて仕方なく使っているように伝わってしまいます。「鳥雲を」が浮いてしまっています。正しくは「鳥雲に入る」が仲春の季語です。春、北へ帰る渡り鳥の群が、雲間はるかに見えなくなることを季語として固定させたものです。「鳥雲に」と略して用いられてもいます。「鳥雲を」の「を」はいけません。雲間はるかに見えなくなってしまった鳥にしばらく御無沙汰している故郷の母上はいかがおくらしであろうかと思われ想いを馳せているのです。「鳥雲」と言えば「見上げて」は要りません。また「母の面」の表現も的確ではないと思います。

季節＝仲春　季語＝鳥雲に入る
傍題＝鳥雲に、雲に入る鳥

原　句　寒の雨受験の子等にこやみなく
添削句　雨厳し受験の子等に容赦なく

「寒の雨」「受験子」と季語が重なります。そこで「受験子」が主語なのですから「寒の雨」を「雨厳し」とすればその「厳し」は受験の厳しさをも言外に伝えることができますのでよろしいかと思います。冷たい雨の降る中の受験生を見かけたのでしょう。「受験の子等」と言っていますので何人かの受験生が固まって駅の方へ、或は学校の近くに歩いている処なのでしょう。単なる冷たい雨が降っているだけでなく、受験地獄の厳しさも作者は言いたかったんだと思います。下五の「こやみなく」の表現がやや弱いので「容赦なく」と言い替えることによって全体の調和がとれます。

季節＝仲春　季語＝入学試験
傍題＝受験、受験子、受験生、合格、及第

原　句　シクラメン色多々あれど目立つ白
添削例　その中の白が目立ちぬシクラメン

「色多々あれど」は説明。「目立つ白」はやや強引。シクラメンは赤色系統のほか白、ピンク、絞りなどがありますので「色多々あれど」は説明に過ぎませんので省略します。花屋さんに並んでいる沢山の鉢のシクラメン。どれを買おうかしら、と迷っている作者。その中で瑞々しく新鮮な色は白だったのです。一瞬の印象を大事にすることが実は一番大事なことです。シクラメンは和名を篝火草といい、今日最も発達普及した園芸植物の一つで晩春の季語です。お正月よく街で見かけますのでその頃よく句が出ますが、サクラソウ科の球根植物で間違いなく春の季語です。

季節＝晩春　季語＝シクラメン・篝火草

原　句　波の音しきりに聞こえ宿の朝

添削例　波音の聞える宿に豆の花

句材としての発想は大変良かったのです。が、此の句季語がありません。旅の宿でのんびりしすぎてしまったのでしょうか。のんびりした気分は心にゆとりを持たせます。きっと観光か静養のために旅に出たのでしょう。朝、目が覚めてしばらくぼんやりしていました。するとザブーン、ザブーンと波音が聞えてきたのです。海に近い民宿のような「宿」が連想できます。こんな体験は誰にでも二度や三度はあるのではないでしょうか。宿の庭には豆の花が赤・白・黄色と色を違えて綺麗に咲いています。色々な洋服を着て出入りする宿のお客様を背景に季語を選んでみました。

季節＝晩春　季語＝豆の花

傍題＝蚕豆の花

原　句　雨の日をばら一輪と過ぎにけり
添削例　薔薇一輪活けて雨の日も楽し

よく「報告」という言葉を聞きます。あることをあるまま伝えることかと思います。そうではなくてやはり俳句は「詩」なのですからそこに作者の心情を籠めなければなりません。と同時に雨の日は分かりますが、何処でどういうふうに過ごしたかを的確に表現して下さい。「ばら一輪と過ぎにけり」では曖昧です。「薔薇一輪活けて」と言えば必ず家の中ということが伝わります。そこで〈薔薇一輪活けて雨の日過ぎにけり〉とまず句の形を整えます。その上で、家事を片付けることが出来た充実感を「楽し」と表現することによって季語「薔薇」の存在が生きてきます。

季節＝初夏　季語＝薔薇
傍題＝薔薇

原　句　漲りし田水に風の吹流し
添削例　遠く迄続く代田に風渡る

「田水」は季語ではありません。「代田」のことだと思います。代田は田植えをする前に田に水を張って、田植えをするばかりの田になっています。「田植え前の田に水が漲り、そこに低い風が渡っていた」ということを句にしたかったのでしょう。着眼が大変よかったと思います。一句できたら、「季語」が「何なのか」は歳時記を広げてみましょう。

**季節＝初夏　季語＝代田**

水増して代田ひしひし家かこむ　上田五千石
白日や一岳韻《ひび》く代田水　宇咲冬男
幣たれてよき雨のふる代田かな　篠田悌二郎

原　句　楚々として病窓に咲く鈴蘭や
添削例　楚々として病窓に咲く君影草

鈴蘭を君影草ともいいます。下五の「鈴蘭や」の「や」は不要です。鈴蘭だけで分かります。五音にしたくて「や」をつけたのだと思います。そういう時は季語の傍題を見て下さい。傍題とはその季語の別名のことです。歳時記に必ず書いてあります。意外に鈴蘭を君影草ということを知らない人がいます。俯いて咲く鈴のような小さくて白い可憐な花の姿は少女達に人気があるようです。〈鈴蘭に憩ふをとめ等の肩見ゆる　水原秋櫻子〉その鈴蘭を君の影の草なんて素敵ですね。「鈴蘭や」を「君影草」に置き換えただけで、まるで違ってしまったことに気付くでしょう。

季節＝初夏　季語＝鈴蘭
傍題＝君影草

原　句　ロングヘアーが五月の街を闊歩する
添削例　髪長き人が五月の街闊歩

髪の毛は歩きませんね。髪の長い「人」が五月の街を元気よく歩いていたのでしょう。よくこういう間違いを見かけます。例えば夏帽子が歩く、或は夏帽子が駆け出す、という句なのです。それはあり得ないことなのです。「髪の長い人が」とか「夏帽子を被っている人が」と表現しなければなりません。「五月」の季題の入れ方は良かったと思います。髪の長い人は男でも女でも詠む人に鑑賞させればよいのです。

季節＝初夏　季語＝五月
傍題＝五月来る、聖五月

五月の夜未来ある身の髪匂う　鈴木六林男

原　句　ペタル踏む少年の背に薄暑かな
添削例　夏立てり自転車好きな少年に

「ペダル」なのでしょう。元気に自転車を乗り廻している少年に季語「薄暑」は少しもの足りません。もっと元気に潔く「夏立てり」としてみましょう。森羅万象すべて夏来る、という感じで人も衣を替え、街路樹はみどりしたたり、空は碧い夏空、吹く風もまさに夏。という句景に自転車の大好きな少年を想像して下さい。凛々しい少年の背中に薄暑など云わず少年の全身に五月の明るい光を当てて下さい。もしかしたら作者は薄暑の句を今度の句会に持って行かなければならず仕方なく「薄暑」の句を作ったのかも知れませんね。もっと広い心で句作りしましょう。

季節＝初夏　季語＝立夏
傍題＝夏立つ、夏に入る、今朝の夏、夏来る

原　句　一本の茄子植えて練る句作かな
添削例　一本の茄子植ゑ句心育てをり

卒業の無い俳句道です。茄子を植えて日毎茄子の成長を眺め句を作りましょう、と言うことでしょう。大変結構です。「練る」が少々言い過ぎです。「練る」という言葉の響が全体を毀しています。たまたま出逢った景ではないのです。作者が自分で自分の庭に植えたのですから朝でも昼でも夜でも見ることが出来るわけです。折に触れては目に入る茄子をそれとなく心のネガに焼きつけ、なんとなく何時でも心の中に植えた茄子が棲みついているのです。俳句は心の中であたためていることがとても大事です。その事が即ち句心を育てているのです。

季節＝初夏　季語＝茄子植う
傍題＝茄子、茄子苗植う、茄子笛

原　句　主婦忘れ緑陰にゐて今は昼
添削例　緑陰に主婦を忘れてしばらくは

しばらくの間、主婦の枷を外された解放感が此の句の生命です。「今は昼」は余分です。「緑陰」は昼に決まっているのです。初夏の明るい日射しの中に緑したたる木立の陰をいうからです。省略すべきところは省略する。これが俳句の一番大事な基本です。独身に返ったような気分でうきうきとお洒落をしてお友達と会っているのでしょう。「緑陰」と言う季題が明るく、どこか近代都会的な感覚から全体を明るくのびやかな句に仕立てた方が緑陰のイメージが伝わります。主婦を忘れて明るく楽しんでいる数人の主婦の景が見え、楽しそうな笑い声迄聞こえてきそうです。

**季節＝夏　季語＝緑陰**

原句　群鳩と席を争う春の芝
添削例　青芝に憩うてゐれば鳩もよる

「春の芝」を「青芝」にすることによって一句全体がいきいきしてきます。「春の芝」はまだ萌えそろわない寒さの残る感もありますが、「青芝」にすることによって大地は夏を迎え、芝はみどり一色になったさまが伝わります。中七の「席を争う」も鳩と争っても仕方ないでしょう。作者のゆとりも感じさせ、明るくおおらかです。

季節＝夏　季語＝青芝
傍題＝夏芝

臥して見る青芝海がもりあがる　加藤楸邨
見えぬ雨青芝ぬれてゆきにけり　中島斌雄

原　句　とりたてと書いて届く胡瓜二本
添削例　採りたてと書かれて届く胡瓜かな

とりたてと書いて届くきうり二本。間違いなく一七音です。胡瓜という季語もきちんと入っています。が、少し変ですね、表現が詩になっていないのです。事実を報告しただけに過ぎません。と同時に胡瓜が何本届いた迄言う必要はありません。こんな時に「や」「かな」の「かな」と結びつけて詠うことも工夫の一つです。地方にお住いの知人より宅急便が届いたのでしょう。まるで玉手箱のように次々と小さく区分けされた袋にいろいろ入っていました。その隅に胡瓜が処を得たように入っていました。作者の感謝の気持が「かな」の切れ字に籠められています。

季節＝夏　季語＝胡瓜
傍題＝胡瓜揉

原　句　梅を干す昼も夜もなく手をかけて
添削例　昼となく夜となく梅を干してをり

「手をかけて」が要りません。梅干を家で作る習慣は尊いものです。愛情とまた別に作ることが好き、でなければ出来るものではないと思います。折角の愛を「手をかけて」等と表現することは句全体に押しつけがましさが漂い謙虚さを失います。「三日三晩の土用干し」と称して、夜露に当てても雨に当ててはいけないということで絶えず空模様を気にしている作者です。簡単にスーパー、食品店に行けばお手軽なお値段で手に入るものです。ついつい売っているものを買ってしまいがちです。表現の未熟は歳月が解決してくれます。沢山作って沢山捨てて下さい。

季節＝夏　季語＝梅干

傍題＝梅干す、干梅、梅漬、梅筵

原　句　つゆ空に青梅一つ庭に落つ
添削例　青梅がぽつんと一つ落ちてをり

「つゆ空」「青梅」は季節を代表するような大きな季語ですから「青梅」だけにして「つゆ空」は削ります。こういう場合「つゆ空」を「曇り日」と言い替えれば季重ねにはなりませんね。〈曇り日の庭に青梅一つ落つ〉こんな風にまず季重ねを定形にします。もう一つは「庭に落つ」の「庭」と限定しない方がよいでしょう。ぽつんとたった一つ今落ちたばかりのような新鮮な梅を見つけたのが詩因なのですから。とは申しましても現実に忠実であればよいというものでもありません。「庭に落つ」を省略することによって鑑賞の幅も展がり余情も生まれました。

季節＝夏　季語＝青梅
傍題＝実梅、梅の実、煮梅、豊後梅、信濃梅、小梅、他

原　句　竹垣の鉄線花の色に足止めし
添削例　鉄線花その紫に足を止め

おそらく紫色の鉄線花なのでしょう。白もありますがこの句の場合「色」という表現から紫が伝わります。鉄線花はその名のように蔓が鉄線のように固く、垣根などに巻きついて花を開かせます。或は鉢栽培等で花屋さんの前に並んでいることもあります。「竹垣」は省略しても良いでしょう。鉄線花の美しい紫色に魅せられ、引き止められているそのことだけを強調したらよいのです。「省略の文学」とも言われているのです。まず一句が出来ましたら省略が出来るかどうかゆっくり推敲してみて下さい。省略することによって余情が生まれ、句に奥行が生まれます。
季節＝夏　季語＝鉄線花
傍題＝クレマチス、てっせんかずら、鉄線

原　句　シャワー浴びのどを潤す冷奴
添削例　湯上がりの喉が喜ぶ冷奴

暑いときに冷たいものをいただきますと喉が喜びます。彩どりの美しいお料理が食卓に並べられますと目が喜びます。それと同じです。実際にはシャワーだったのだと思います。冷奴をより美味しくする為にお風呂に入ったように致しました。出来るだけ季語は丁寧にいとおしみながら使って上げて下さい。季語を生かすための「嘘」は「俳句のひとひねり」といって許されます。汚い池を美しく詠むことが出来るのと同じです。シャワーを浴びたあとの冷奴はとても美味しかったのです。その美味しかった感動を中七の「喉が喜ぶ」に籠めてみました。

季節＝夏　季語＝冷奴
傍題＝冷豆腐、水豆腐

原　句　かぎりなく白い山やま雲の峰

添削例　かぎりなく湧く雲白し雲の峰

中七の「白い山やま」が曖昧です。ひょっとしたら、残雪の山？　そうではないのでしょう。夏の雲が限りなく、もくもくもくもく湧いて山のように真っ白い雲の峰が連なった、ということなのでしょう。学名は積乱雲で日射しの強いときの、はげしい上昇気流によって生まれます。形もむくむくとしているので入道雲ともいわれ、まっ蒼な夏空に真っ白な雲の峰はひとときも静止することなく限りなく千変万化します。くっきりと聳える雲の峰は眺め入る人を飽きさせず、つい何時迄も見詰めてしまいます。上五に「かぎりなく」とありますから、作者もきっと雲の峰の千変万化を見ていたのです。

季節＝三夏　季語＝雲の峰

傍題＝入道雲、積乱雲、夕立雲、雷雲、他

原　句　節水に打水出来ず空仰ぐ
添削例　節水に打水出来ぬ日がつづく

大分前の話ですが猛暑がつづき一日数時間の水で生活をしなければならないという地方が続出しました。幸いその地域を免れた人達も迂闊に水を使いにくい夏でした。作者もまた出来るだけ打水をせず、節水に協力していたのです。今日もまた猛暑「雨が降らないかなー」と空を仰いだということです。「空仰ぐ」と言えばそのことだけで終ってしまい、鑑賞の幅を広げようがありません。添削例のように「打水出来ぬ日がつづく」とすればいろいろ詠む人がその人に合った鑑賞をして下さるでしょう。それでいいのです。主観から客観へと移行させます。

季節＝三夏　季語＝打水
傍題＝水打つ

原　句　ハイキング汗をかきかき梅雨の下
添削例　汗をかくことも健康ハイキング

欠点ばかり探して意地悪婆さんみたいで嫌だな、と思うことがあります。お許し下さい。この句もまず二つの欠点を探しました。一つは「汗」と「梅雨」の季重ねです。もう一つは「梅雨の下」と言う曖昧な表現です。印象として曇り日だったのでしょう。どんより曇った空の下、汗をかきながらハイキングをしている。「汗」が主語ですから「梅雨の下」は要りません。活きとハイキングをしている様を活写して下さい。そのほうがずっとハイキングと汗が生きてきます。大胆に省略することによって内容が凝縮され、充実した力が備わります。あとは読者が鑑賞して下されば一句として成功です。

季節＝三夏　季語＝汗
傍題＝玉の汗、汗の香、汗ばむ、汗みどろ

原　句　絹木綿ずれる好みの冷奴
添削例　絹木綿どちらもうまし冷奴

絹のような柔らかい絹豆腐と木綿のような固い木綿豆腐、どちらもおいしいですね。此の句の分りにくいところは中七「ずれる好みの」表現です。「僕は木綿がいいよ」「わたしは絹にして」「私はどちらかと言えばやはり絹の方がいいわ」など、々々、々々、という情景なのだと思います。季題を生かすには「すつたもんだ」より「おいしい」の方がよいでしょう。冷奴が喜びますよ。暑い盛りに冷奴は美味しいですね、大いにいただき夏を元気に越したいものです。

季節＝三夏　季語＝冷奴　傍題＝冷豆腐、水豆腐

冷奴男の過去は聞くまじく　保坂リエ

原　句　ゆくもありとどまるもあり菖蒲園
添削例　ゆく人もとどまる人も菖蒲園

何が「ゆく」のか、何が「とどまる」のかをはっきりさせなくてはいけません。「下五」が菖蒲園なので見当はつきますね。「ゆく人も」「とどまる人も」なのです。此の表現ですと作者は少し離れた処から菖蒲園の全体を眺めていたのでしょう。小高い丘に上り全景を見下ろしていたのでしょう。その頃の菖蒲園は連日大変混み合い、一人がやっと通れる程の道幅に人が行列をして静かに眺めつつ前に進みます。「ゆくもあり」とは花菖蒲を見る人の流れに沿って静かにゆっくり前に進む人の表現なのでしょう。「とどまるもあり」は人の流れには全く無頓着に写真を撮ったり佇ち止まってその場を中々離れない人の表現なのだと思います。このようなことはよくあります。気をつけて俳句の基礎をしっかり身につけて下さい。

季節＝仲夏　季語＝花菖蒲
傍題＝菖蒲園、菖蒲見、菖蒲田、他

原　句　花菖蒲水面流るるちぎれ雲
添削例　菖蒲田に流るる雲のちぎれをり

「水面流るるちぎれ雲」初心者の好きそうな表現です。一寸艶歌風にもとろうと思えばとれますね。俳句には俳句らしい格調があった方がよいと思いますので表現を変えました。もう一つ大事なことは「花菖蒲」に水は流れませんし雲も映りません。「菖蒲田」にしなければなりません。花菖蒲は湿地や水辺を好む植物で田の中に水を張って花を咲かせています。葛飾の堀切菖蒲園は江戸時代より続いており、原宿の明治神宮の菖蒲園なども有名です。花のさかりに参りますと菖蒲田の水に花の影を落し幾百という花が妍を競うのは格別の美しさです。誰でも一度は水に映った花菖蒲を写生するようです。

季節＝仲夏　季語＝花菖蒲
傍題＝菖蒲見、菖蒲田、菖蒲園、他

原　句　息つめて針みぞ通す梅雨曇
添削例　針に糸通しにくくて梅雨曇

中七の「針みぞ通す」の表現に難があったのです。うす暗い部屋で一生懸命「息つめて」針に糸を通している作者が見えて来ます。空はいちめん漠々たる梅雨雲に蔽われ、いまにも細かい雨が降ってきそうなそんな日の昼下り、一寸した繕いのため、或は簡単なボタンつけ位のためのお裁縫なのかも知れません。針と糸を持ちました。針穴が小さくて中々糸が通ってくれません。昼でも電気をつけなければならないような暗さなのです。「梅雨曇」のせいなのです。「梅雨曇」の季語は生きています。出来上がった句を二度と言わず三度迄も見直してみましょう。自分の句の欠点を探すことです。

季節＝仲夏　季語＝梅雨曇
傍題＝ついり雲、梅雨空

原　句　梅雨に入り持つか持たぬか空を見る
添削例　梅雨に入る降るか降らぬか空を見る

何を「持つか」何を「持たぬか」大事な句の柱になるところが言い得ていませんん。「傘に決まっているじゃないですか」と作者に叱られそうですね。でも、それが駄目なのです。そこが客観写生のむずかしいところなのでしょう。要するに「言い得ていない」一句になるのです。「傘を持つか、持たぬか」の前に「雨が降るか」「降らぬか」が先になるのではないのですか？下五が「空を見る」ですからそうでなければなりません。海に入って海水着を着るのではなくて、海水着を着て海に入ります。その様に物事には順序があります。順序をたてしっかり「力」のある句に仕立てましょう。

季節＝仲夏　季語＝梅雨
傍題＝黴雨、梅雨前線、梅雨雲、梅の雨、他

原　句　押入れの両端開けて梅雨の部屋
添削例　押入れを少しづつ開け梅雨籠り

中七の「両端開けて」は現実が真に迫り、あからさま過ぎて詩には不向きです。と同時に押入れがあるのですから「部屋」は要りません。大体押入れは部屋についていますから。約一ヶ月間もの間降りみ降らずみの天候がつづき、すっかり部屋の中はしめっぽくなってしまいました。お布団を干そうにも毎日の雨で干せずせめて風を通しましょう、というわけで、押入れの両端を少しずつ開けてあるのでしょう。「梅雨籠り」に季語を置き換えることによって作者像が出てきます。家の中で出来る家事を進めている作者の動きが伝わり押入れが少しずつ開いている部屋の想像も伝わります。

季節＝仲夏　季語＝梅雨
傍題＝ついり、梅霖、梅雨寒、他

原　句　風に揺れ風情あでやか花あやめ
添削例　花あやめ風に風情をつくらるる

花あやめの「風情」をもっとよく見ることです。「見る」が「視る」に変わってゆくまで見詰めたとき何かを発見します。風に揺れて風情が生まれるのでしたら風情といえば「揺れ」は要りません。風だけで良いと思います。花あやめそのものがあでやかですから「あでやか」も要りません。むしろ表現を飾ることによって力が弱くなるのです。対象にもう一歩踏み込んでごらんなさい。風に揺れて風情が生まれるのでしたら、その風情は風が作ることになります。風に敏感な花びらを持つ花あやめならでこその表現でしょう。あやめは「渓蓀」とも「紫羅欄花」とも書きます。

季節＝仲夏　季語＝あやめ
傍題＝花あやめ、白あやめ、くるまあやめ

原　句　紫陽花の色うつりにけり朝の雨
添削例　紫陽花に彩うつりつつ今日も雨

中七「色うつりにけり」が字余りですね。字を余らすことで句全体がよくなるときはいいのですが一応定型にする努力をして下さい。雨であれば「朝の雨」でなくともいいのです。おそらく作者は下五をどうしてよいのか分からなくなり簡単に「朝の雨」にしたのでしょう。そういうことを「逃げる」といいます。逃げてはいけません。よくよく考えて下さい。紫陽花は花が開いてから順に色彩が変化するところから七変化とか、八仙花ともいわれ、比較的花の少ない梅雨のさ中に大きな花を咲かせるので結構目だちます。

季節＝仲夏　季語＝紫陽花
傍題＝七変化、八仙花、四葩、かたしろぐさ

原　句　冷房車超満員のあつさかな
添削例　冷房車冷房きかぬほど混めり

炎天の街は堪えがたく暑いですね。汗を拭き拭きホームで電車を待っています。いっときでも早く冷房車に乗りたいのです。その冷房車に乗り込んだときの心地よさ。その時、その場の何よりの御馳走です。ほっとします。が、意に反して来た電車は超満員で少しも涼しくありません。そういう句なのです。然しそのまま伝えて句になる場合とならない場合があります。此の句の場合「冷房車」と「あつさ」が重なるからでしょう。季が重なった場合はもう一度考えて見ましょう。中七の「超満員」の表現も俳句らしさを損ねています。

季節＝晩夏　季語＝冷房
傍題＝冷房車、冷房装置、クーラー、ルームクーラー、

原　句　夏休リュックサックがはずんでる
添削句　子のリュックサックがはづむ夏休

そこに置いてあったリュックサックが突然動き出したら驚きますね。私なんか失神してしまうかも知れません。前に夏帽子は歩きませんと書きましたがリュックサックも同じです。突然動き出したり、悲しがったり、はずんだりはしません。子供達に待ちに待った夏休がきました。海へ山へパパやママに連れられてでかける日が来たのです。パパやママの後になり先になり、リュックサックを背負った子供がスキップでもしているようにはずんでいます。はずんでいる子供の背中に背負うリュックサックは当然はずむことになります。そんな子供を詠みたかったのでしょう。

季節＝晩夏　季語＝夏休
傍題＝暑中休暇

原　句　片陰に日傘つぼめしせみ時雨
添削句　蟬時雨聞いて木陰に憩ひをり

「片陰」「日傘」「蟬時雨」みんな季語です。作者の処女作品なのでしょう。きっと「俳句を作ってみようかな」と思いながら街に出かけたのです。すると蟬が鳴いていました。「これ、これ」と思い、さしていた日傘をつぼめて片陰に入ったのです。御立派だと思います。どんなに偉くなった俳人でも最初からいい作品など作れるわけはないのです。初心の頃はどなたも同じようなものです。一寸いい作品が出来ますと昔からうまかったような顔をしてすましていますが、とんでもありません。私を含めてみんな同じです。まず季語を一つにすることから始めて下さい。

季節＝晩夏　季語＝蟬
傍題＝蟬時雨、油蟬、みんみん蟬、蟬捕り、他

原　句　睡蓮やくれないに燃え雨しきり
添削例　睡蓮のくれなゐ色に雨しきり

初心の頃はどうしても表現に力を入れすぎて失敗します。睡蓮や、の「や」できったことが失敗の始まりなのです。「や」できってしまっては何がくれないに燃えているのか分からなくなってしまいます。作者はよく分かっているので詠む人も分かってくれるだろう、と安易に投句してしまいます。投句する前に、もう一度御自分の句の欠点を探し出す時間を作って下さい。美しく咲く紅い睡蓮に雨、もうそれだけで全体に情緒が漂ってきます。広い池に隈なく雨が水輪を展げ睡蓮が咲き競っています。静かに傘をさして睡蓮に見入る作者、そんな景が見えてきます。

季節＝晩夏　季語＝睡蓮
傍題＝未草

原　句　ミニ菜園昨夜のトマト今朝は無く
添削例　ミニ菜園とはいへトマトさはに生る

表現、着眼に難はなかったのです。事実昨日たしかにあったトマトが今朝採りに行ったら無かったのでしょう。びっくりしたり、がっかりしたのだと思います。ファミリー農園が盛んで私も少々作っています。このところ記録破りの猛暑で野菜が高値の故かあちらこちらで被害があったようです。こんなときには発想の転換をしましょう。句にして残しておくには悲しい内容ですから素人が育てている小さな菜園でもトマトが沢山生りました、の方がいいと思います。嘘ではないのですし、そういう日もあったのでしょうから。句になる発想と句にならない発想があります。

季節＝晩夏　季語＝トマト
傍題＝蕃茄、赤茄子

原　句　朝市の露ふくみたり紫の茄子
添削例　朝市の茄子の鮮度を買うてくる

一寸表現をお洒落にし過ぎて、そのために字余りになってしまいました。最も生活に密着した平凡で素朴な季語の一つです。畑の朝露に濡れた紫紺色の茄子はたまらなくいいですね。その朝露に濡れた茄子を捥いで来て朝市に出しているのでしょう。「露」は季語ですから朝市に出ている茄子が露をふくんでいるということは当り前といえば当り前なのです。ですから「露」は削りましょう。そこで朝市で尤も新鮮な茄子を買ってきたことにしました。「でも私は買ってこなかったのです」などと野暮なことはいわないこと。表現は季語によって変わります。茄子は茄子らしく仕上げることです。

季節＝晩夏　季語＝茄子
傍題＝初茄子、なすび、鴫焼、長茄子、他

原　句　夏盛りリクルートスーツ目立ちます
添削句　リクルートスーツが目立つ盛夏かな

暑い盛り、周囲の人達は裸同然の服装でいるにも拘らずネクタイをきちんと結び、紺のスーツを折目正しく着こなした青年が就職のために街を歩いています。電車に乗っても見かけることがあります。大変ですね。この句は「夏盛り」の表現がぴったり馴染みませんし、下五が「目立ちます」と口語体でまとめてあります。出来れば文語体にしましょう。昭和六三年（一九八八年）リクルート事件があり、やたら「リクルート」という言葉を耳にします。私の持っている広辞苑には「リクルート」が載っていません。一九八九年発行の日本語大辞典（講談社）には載っていました。俳句もやはり少しずつその時代によって変わってくるのですね。

季節＝晩夏　季語＝盛夏　傍題＝真夏、夏旺ん

原　句　貼紙をして街ひつそりと暑中休暇
添削例　貼紙をして街静か盆休

字あまりです。と同時に表現からみて商店街のように思われます。お盆の八月一五、一六日頃の商店街で（誠に勝手でございますが……休ませていただきます）と書いた紙が貼ってあるのをよくみかけます。丁度その頃、学校も銀行も会社も交替で休暇をとる習慣があるようです。普通簡単に私達は「あのお店今日は夏休よ」とか「今日明日はお休なの」というように身辺に親しく感じている商人なのですから盆休の方がよいのではないかと思います。「盆休」の季語を置くことによって商店街の雰囲気が伝わってきます。

季節＝初秋　季語＝盆休

竹林の奥あかるくて盆休　古賀まり子

原　句　ベランダの手すり巻きつき朝顔咲く
添削例　おばしまにからみては咲く牽牛花

「手すり巻きつき」は言葉が詰まっています。「手すりに」と言いたいところでしょうが字が余ってしまうし……ということかと思います。そこで「手すり」を欄干ともいいますね。古語で欄干を「おばしま」ともいい、よく俳句に使われています。その「おばしま」を引用すれば楽に定形になります。おそらく此の句は作者の家の「ベランダ」に鉢植の朝顔が置いてあるのでしょう。行き処のなくなった朝顔の蔓が「ベランダ」に伸びて巻きついてしまったのでしょうね。よくあることです。「ベランダ」は夏の季語、露台の傍題になっています。バルコニー、テラスも同じです。

季節＝初秋　季語＝朝顔
傍題＝牽牛花、西洋朝顔、空色朝顔

原　句　蕎麦の花丘一面に波打てり
添削例　花蕎麦や丘一面に風渡る

特に難はありませんが「波打てり」の表現に少々「力み」を感じます。それだけではなく景が小さく貧弱です。「や」の切れ字を使い二句一章に仕立てた方が句に展がりが出ます。初秋に咲く丘一面の花蕎麦、花の盛りの頃は香りも高く夜目にもほのぼのと白く見え風情のあるものです。心地よい風が花蕎麦畠に花の高さに渡ってゆく、としたほうが花蕎麦畠の展がりも伝わり、音調も整い花蕎麦畠の様子もはっきり写し出されてくるでしょう。立秋前後に種を下ろし初秋に花が咲き晩秋になると実を結ぶ。新蕎麦、走り蕎麦等の季語も俳人には親しまれています。

季節＝初秋　季語＝蕎麦の花
傍題＝花蕎麦

原　句　西瓜切る子供達の目一斉に
添削例　お三時は子等に囲まれ西瓜切る

子供達の目が一斉に西瓜に集まる。一寸表現に品がありません。戦争中の学童疎開の子供達でしたらピッタリでしょう。今は世の中が全体に贅沢になっています。話が少しそれて恐縮ですが、小学生が修学旅行の荷物を宅急便で送るとか聞き、ぎょっ、としました。重い荷物を背負ったり持ったりするのも思い出の一つになるのでは……と思う私は時代遅れなのかしら？　話を元に戻します。一句全体に団欒の雰囲気を出してみてはいかがでしょう。西瓜を切るお母様の優しい微笑みは子供達にとって西瓜より嬉しいひとときになっているに違いありません。

季節＝初秋　季語＝西瓜

原　句　秋の空鐘の音しみる尾花寺
添削例　秋空に鐘の音響き渡りたる

最近秋の七草寺巡り等といい、七つのお寺がそれぞれ七草の一草を寺の花として多くの観光客を呼んでいます。秩父路にある長瀞の七草寺の尾花寺は道光寺と呼び沢山の種類のすすきが見られます。長瀞に限ったことではないのですが、やはり「尾花寺」と「秋空」は切り離して作句することをおすすめします。澄んだ秋空に鐘の音が響き渡るさまだけを伝えた方がよいでしょう。鐘の音が聞えてくればその近くのお寺を連想することができます。全部を言わず想像させる部分が一句の余韻に変わります。例句のように表現することによって鐘の余韻が一句の余韻となって詠む人に伝わります。

季節＝三秋　季語＝秋の空
傍題＝秋空、秋天、秋旻、他

原　句　風吹いてすなほにゆれるすすきかな
添削例　花すすき風に素直に揺れてをり

広々としたすすき野、或はすすき原、河川敷、線路際、といたるところにすすきを見かけます。大体風通しのよいところ、風をまともに受けている芒が多いようです。その穂先は敏感に風に素直になっています。原句のままですと、見たままになっています。見たままを表現することも大変なことなのです。見たままで句になる場合と、ならない場合があります。要するに「着眼」の一語につきます。磨いて光る石と、いくら磨いても光らない石。いくら磨いても光らない石を後生大事に手間暇かけて磨くことはありません。そんな場合は表現を推敲しましょう。

季節＝三秋　季語＝薄
傍題＝芒、芒原、芒野、穂薄、糸芒、鬼芒、他

原　句　寺静寂曼珠沙華のみ鮮やかに
添削句　境内の静けさ集め曼珠沙華

着眼は大変よかったのですが、「寺静寂」の表現が少々固くなってしまい、句全体のバランスを崩してしまいました。静かなお寺に真赤な曼珠沙華が目立っていたのです。辺りには人影もなく、ひっそり掃き清められた境内がひろがっていたのです。その整然とした境内が作者の心を捉えたのです。よく見れば萩も咲いていたでしょう。秋の千草もみずり初めていたでしょう。地味に咲く草花を他所に鮮やかに咲く曼珠沙華。対象の切り取り方は成功しています。曼珠沙華が境内のすべてを支配しているような表現でその対象を目立たせました。

季節＝仲秋　季語＝曼珠沙華
傍題＝彼岸花、死人花、幽霊花、捨子花、他

原　句　松茸が二切れ程ありわっぱ飯
添削例　松茸を少し飾りにわっぱ飯

「深川のわっぱ飯」とかを以前いただいたことがあります。曲木製のまるい容器に、季節のものを炊き上げた美味しいご飯が、愛情こまやかに盛り付け暖かく親切に出された覚えがあります。そのわっぱ飯に丁度松茸が二切れ程載っていたのです。松茸は季語です。さあ作りましょう、と作ったのです。「二切れ程あり」と迄言わない方がいいと思います。「二切れ程」の表現を「飾り程度に」と致しますと季語の松茸が高価であることを効果的に伝えることができます。いうまでもなく松茸は茸のなかの代表格。最近は外国からいろいろ輸入され、お手頃になってきました。

季節＝仲秋　季語＝松茸飯
傍題＝茸飯

原　句　さはやかに優しい薫り秋桜
添削例　その色を優しく揺らし秋桜

この句も季重ねです。「爽やか」「秋桜」。秋桜が咲く頃は爽やかな気候です。従って「爽やか」は削ります。秋桜はコスモスともいい、やや古めかしいモダニズムといった感じが致します。秋にはなくてはならない花でしょう。垣根の隅、路傍、小川のほとりと、いたる処にみかけます。コスモスは花の色がたくさんありますので色と風に揺れている風情を強調したほうがいいです。コスモスには香りよりも風が似合います。香りを強調したい花としては、例えば秋の花ですと木犀等は晩秋になりますとあたり一帯にいい匂いをひろげます。対象になる花の特色を生かして作句しましょう。

季節＝仲秋　季語＝コスモス
傍題＝秋桜

原　句　下を見仰ぎ見るもの栗拾ひ
添削例　栗拾ひながらときどき上を向く

栗を拾っているのですから当然屈んで落栗を探しています。上五の「下を見」は要りませんね。削除しましょう。作者は表現の滑らかさに酔ってしまったのでしょう。こう酔ってしまいますと省略などということはすっかり忘れてしまうのです。ついうっかりしてしまうのです。誰にでもあることです。省略出来るところは省略するということを常に頭の中に叩き込んでおくことです。晩秋の霜にあうと、褐色の実は急速に熟れはじめ、棘のある毬が裂け弾けて落ちます。「ときどき上を見る」のは毬栗が落ちてきては……という不安な気持からでしょう。表現も大事ですが内容にも気を遣って下さい。

季節＝晩秋　季語＝栗
傍題＝丹波栗、山栗、ゆで栗、他

原　句　雨粒の光りて彩増す実むらさき
添削例　雨粒の光れば光る実むらさき

小さな丸い実が群がって紫色に熟している美しい実むらさき。その一粒一粒が雨を宿している景です。さぞかし素晴しい雨上がりのひとときかと思われます。「光りて彩増す」が中八になってしまいました。定形にします。雨に洗われた実紫が一層綺麗に新鮮に見えたのです。そこで「彩増す」と表現したのです。字余りにならなければそれでもよかったのですが、定形にする努力が必要です。そこで雨粒が光っていれば雨粒を宿している実紫も光ります。と「光れば光る」と光るを重ねて俳句を一寸お洒落にしました。紫色の優美な実は平安朝の才媛紫式部になぞらえてつけられた名とも言われています。

季節＝晩秋　季語＝紫式部
傍題＝実むらさき、小式部、白式部、他

原　句　肌寒や明日旅立ちの古かばん
添削例　肌寒や明日に備へし旅かばん

「古かばん」正直なのですね、正直がいいときと悪いときがあります。俳句は詩なのですから古いものを古いと言わなくてよいのです。旅かばん、と言えばそれでいいのです。肌寒は秋の季語で冬に入る前に寒さを身に感じる状態をいいます。寒いので一枚余計に羽織るものをかばんの中に入れた、と言うことなのです。思いあたることがありますね。作者はその旅かばんを眺め「これでいいわ」と思っているのです。いいですね。

**季節＝晩秋　季語＝肌寒**

晩秋の音たてて竹運び出す　廣瀬直人
ただ長くあり晩秋のくらまみち　田中裕明

原　句　はや師走寒さうな顔して娘の帰宅
添削例　寒さうな顔して娘帰宅せり

まず此の句は季語が重なっています。「師走」といえば一二月、一二月は寒いに決まっているのです。重なっている季語「はや師走」を先ず削りましょう。北風の吹く寒い街の中をコートに半分顔を埋め足早に行く人達をよく見かけます。句の背景にそんなことが感じられます。きっと娘さんがコートの衿を立てて半ば青ざめた顔をして寒そうに帰って来たのでしょう。ストーブで暖められた部屋の真ん中には炬燵が用意され、暖かい御馳走を作って作者は待っていたのです。娘に対する母親の温かい心が伝わります。

季節＝冬　季語＝寒し　傍題＝寒気、寒冷、寒夜、寒暁、寒月、他

ドクターを信じきれずゐて寒し　保坂リエ

原　句　元日や母の自慢のなますも出

添削例　屠蘇を酌む母の自慢のなますかな

お正月には必ず母上ご自慢のなますが膳に載るのでしょう。特にここがいけないということではないのですが、調子が良すぎて一句を軽薄にしています。その理由は「元日」という季語だからなのです。元日と言えばその年の始めの第一日目です。年の始め、月の始め、日の始めを三始めと言い、とくに元日の朝を「元旦」「元朝」「年旦」といい国民の祝日とされています。それなりに厳粛な気持の表われにしたいのです。此の句の場合、母上に対する感謝、尊敬の念が見えてきません。「元日」という季語に対して表現の重さがないのです。季語を屠蘇にして「かな」に感謝の気持を籠めてみました。

季節＝新年　季語＝屠蘇

傍題＝屠蘇祝ふ、屠蘇酒、屠蘇袋、屠蘇散、他

# 第三章　言葉は俳人の財産

**閼伽水**（あかみず）・**閼伽桶**（あかおけ）

仏に供える水を閼伽水といいます。お墓参りに行きますと、墓地の入り口や水道の蛇口のあるところに桶があります。持ちやすいような独特な形の桶です。その桶を閼伽桶といいます。

酒ならぬ冬の閼伽水波郷の碑　渡辺みどり

閼伽桶のからつぽの音炎天下　敷地あきら

**朝戸出**（あさとで）

朝早く戸を開けて外出することを「朝戸出」といいます。朝早い旅立ち、あるいは吟行会などで朝早く家を出る機会は、たくさんあると思います。さりげなく使ってみるのもおもしろいでしょう。また、夜の外出を「夜戸出」といいます。

朝戸出の腰にしづけき扇かな　渡辺水巴

**可惜夜**（あたらよ）

明けることが惜しまれる素晴らしい夜のことです。

可惜夜の桜かくしとなりにけり　齊藤美規

**四阿**（あづまや）

庭園などにある、屋根と柱だけの休憩所のことです。ところによっては大変趣深いところもあります。東屋と書く場合もあります。

四阿のともし乏しきゆゑ涼し　西村和子

**海人・海女・海士**（あま）

海にもぐって魚介類を採ることを職業としている人たちのことを「あま」といい、「海女」は女性、「海士」は男性です。

冬海の水中海女の髪ひらく　古屋秀雄

草枯や海士が墓皆海を向く　石井露月

**斎垣**（いみがき）

吟行会などで神社に行くことがあります。そんなときに使ってください。神社の周囲の垣のことを「斎垣」といいます。

秋冷の斎垣に沿ひ熊野みち　前山松花

**妹許**（いもがり）

「妹許」とは男性が、いとしい女性のもとへ行くことです。妻の場合も親しい恋人の場合も同じく妹許といいます。

妹がりへ追風転舵水芭蕉　田中水桜

**舂く**（うすず・く）
あまり見ない字ですが、夕日が山に入ろうとするころを「舂く」と言います。いい表現ですね。

春きて仏の街も松の内　山田みづえ

**泡沫**（うたかた）
本来は水の上に浮かぶ泡のことですが、多くは、はかなく消えやすいことのたとえに使われています。人の生命の、はかなく消えやすいことを水の泡にたとえて、泡沫人などという語があります。

のけぞれば恋も泡沫ういてこい　河野多希女

**諾ふ**（うべな・ふ）
よく俳句に詠われています。「分かりました」と承知することです。

屠蘇ふふみ喜寿うべなうてばかりかな　大野林火
七七歳を迎え、すべてに七七歳という年を感じていることが俳句になりました。
木石の濡れてうべなふ梅雨深し　富安風生
やまものあかき目覚をうべなへり　平井照敏

**熟寝・熟睡**（うまい）
文字通り気持よく、ぐっすり眠ることです。「旨寝」と表記することもあります。
青き蚊帳熟睡の吾子とならび寝む　橋本多佳子
雛の間を寝間にもらひぬ熟睡せぬ　森　澄雄
仏間また熟寝の間にて冬の月　鷲谷七菜子

**逢魔が刻**（おうまがとき）

夕方の薄暗いときのことをいいます。「大禍時」が転じたもので、夕方は禍いが起こりやすい時刻なのだという意味です。中七になりやすいですね。とはいうものの、夕方ならどんなときでも使っていい、などと思わないことです。

牡丹焚く逢魔が刻の炎上げ　鈴木鷹夫

掲句の「牡丹焚く」のような季語にぴったりの言葉です。その情景に合うよう、十分に推敲して使いこなしてください。

**奥津城**（おくつき）

墓所のことです。奥つ城ともいい、お墓近くを写生するときなどは、「奥津城辺り」という表現にしますと、句がきれいに仕上がります。あるいは「奥津城処」ともいいます。

猫の恋真間の奥津城処かな　神蔵　器

**おばしま**

「欄干」「手摺り」のことです。神社、寺院へ行きますと本堂の周りに土足で歩ける廊下があります。その周りに「欄干」があります。浅草の浅草寺を想像して下さってもいいですし、もっと身近にご自分の家のベランダの手すりを「おばしま」と表現しても結構です。

おばしまにしばし止まりぬ赤トンボ　杉田仁美

**未通女**（おぼこ）

まだ世間のことをよく知らない、ういういしい娘さんのことです。

かたかごは未通女の紐の色に咲く　矢島渚男

**花眼**（かがん）

老眼のことを「花眼」といいます。華やかで綺麗です。「老眼」では句になりにくいのですが「花眼」なら句になりそうです。

花眼寄す桂郎句碑に萩の花　神蔵 器

麦こがし話題花眼に移りけり　鈴木節子

云ふなれば花眼は老眼けら鳴けり　山元志津香

**渉る**（かちわた・る）

池のある庭で、水景を楽しむため橋を渡さず、ところどころに石を置いていることがあります。その石を跳び跳びに歩いて渡ることを「渉る《かちわた》」といいます。「徒渡る」とも「徒渉る」とも書きます。いずれにしても水のあるところを歩くことです。

渉る石も名石風五月　佐藤梨名

まくなぎを払ひて奇石渉る　荒川敦子
渉る池の奇石や若葉風　小坂五竿
涼やかに大磯小磯渉る　蛭海停雲子

**巫女**（かんなぎ）**覡男**（おかんなぎ）

神に仕える女性で、正しくは「めかんなぎ」ですが、日ごろ私たちは巫女と表現しています。男性は覡男です。こういうと四音になりますので、知っていると便利です。

巫女《かんなぎ》のひとりは八重歯菊日和　飯田蛇笏

**顔**（かんばせ）

顔のことを「かんばせ」といいます。顔と読まれて困るとき、ときに「顔セ」と表記することもあります。次の句も「かんばせ」と読んでください。

顔の菊人形の紅少し　吉田鴻司
かんばせを日に照らされて墓詣　川端茅舎

**眼福**（がんぷく）

読んで字のとおり、大変いいものを見て目が喜んでいるとき、眼福といいます。目がとても幸せです、ということです。次の句は菊人形ならぬ菊の、それは見事な等身大の孔雀をご覧になったのでしょう。日ごろあまり見られないようなものでなければ、「眼福」が浮いてしまいます。お茶席の茶碗、掛け軸などを見たときにもよく使われています。

眼福や菊の孔雀に佇ちつくす　山崎マツ子

**踵**（きびす）

足のかかと、また履物のかかとにあたる部分を踵といいます。「踵を返す」

といえば引き返すこと、あるいは、あと戻りをすることです。

炎天の殺気踵を返しけり　石井　保

流行のコートが踵返させる　保坂リエ

**切（き）り岸**（ぎし）

断崖・絶壁などとよくいいますが、その断崖・絶壁のことを「切り岸」と表現します。切り立てたような、けわしいがけのことです。吟行などで使ってみてください。

切り岸に砕けし波や風光る　飛内雅子

**金**（こがね）・**銀**（しろがね）

芒を詠むとき、よく見かける言葉に金波銀波があります。金を「きん」、銀を「ぎん」と読む場合とは別に、金を「こがね」、銀を「しろがね」と読ませることもあります。

銀も金も無用ゆきをんな　長谷川久々子

## 虚空（こくう）

「虚空」は難しいですが、使い方によってはたいへん存在感のある言葉です。感性で捉える表現でしょうか。感性とは言葉で捉える以前の、豊かな潜在能力です。俳人はその感性を磨くことがとても大切です。

餅膨れつつ美しき虚空かな　永田耕衣

空也忌の虚空を落葉ただよひぬ　石田波郷

山国の虚空日わたる冬至かな　飯田蛇笏

## 梢（こずえ）（うれ）

木の幹や枝の先の部分を梢《こずえ》といっていますが、「梢《うれ》」と読むこともできます。梢々《うれうれ》という表現もあります。「梢《うれ》の床」は、梢にかけた鳥の巣のことです。「梢《うれ》の秋」とは、そろそろ紅葉のはじまるころをいいます。

花過ぎて梢艶めける桜かな　能村登四郎

梢々に初々しいぞ新松子　小澤香り

**理書**（ことわりがき）

名園あるいは神社・仏閣に行きますと、門を入ってすぐのところに由来などが書いてある立て札があります。目の高さくらいの位置に立っています。

理書読んで春水渉る　保坂リエ

この句は、東京・駒込の六義園に小さな川が流れ、そのほとりに「理書」があったのを詠んだ句です。

**隠沼**（こもりぬ）

思いがけないところに、小さな沼があることがあります。樹木に囲まれ、人に気づかれないところにある沼を隠沼といいます。

ひとり居の隠沼に似て菜種梅雨　有馬籌子

**彩雲**（さいうん）

美しくいろどられた雲のことです。日光が雲の水滴で回折するために生まれるものです。

五月場所はねて彩雲西の空　山口青邨

**私語**（ささめごと）

声をひそめて話すことです。ひそひそ話のことですが、「ひそひそ話」では七音になってしまいますね。「ささめごと」なら五音ですみます。便利ですね。

灯を入れて雛の間より私語　結城静子

**さなきだに**

「そうでなくてさえ」ということです。

さなきだに草津はさびし秋の風　上村占魚

そうでなくてさえ、草津はさびしいのに、何時しか吹く風は秋になりました。一日一日短くなり冷えこんでくるでしょう。一層草津をさびしくしています、という句意です。

さなきだに湖尻はさびし時鳥草　上田五千石

さなきだに夜空はさびし冬花火　保坂リエ

**さはに**

声を出して読むときは、「さわに」といいます。たくさん、または多くという意味です。たった三音ですから知っていれば便利です。

数珠玉をさはにつなぎてまだ軽し　後藤比奈夫

山椿おのれを知らずさはに落つ　森　澄雄

ぬばたまの黒飴さはに良寛忌　能村登四郎

**三更**（さんこう）

夜の一一時ごろから真夜中の一時ごろまでの間を「三更」といいます。夜の七時ごろから翌朝五時ごろまでを五つの時間帯に分けて「五更」と呼ぶ、その真ん中あたりですね。

三更の静寂に火蛾の狂ひ舞ふ　鷲山梨紗

**醜草**（しこくさ）

雑草のことです。こういうと濁音がありません。一句のなかで濁音はさけられれば、なるべく避けたほうがいいでしょう。

醜草に吹き寄つてゐる落花かな　大橋敦子

**自助早餐**（じじょそうさん）

セルフサービスの朝食のことを自助早餐といいます。現在のホテルなどでは必ずといっていいほど自助早餐ですね。

自助早餐バナナ一本加へけり　二宮貢作

**錫杖**（しゃくじょう）

僧侶の持つ杖のことです。音を立てながら杖を引いているお坊さんをよく見かけます。杖の頭部を金属で作り、数個の金環が掛けてあり、それがジャランジャランと音を立てます。

秋風や守りて攻めぬ錫の杖　丸山海道

**宿酔**（しゅくすい）

「ふつかよい」を漢語的表現にしますと「宿酔」といいます。お酒を大量に飲み酩酊したその翌日、頭痛がしたり吐き気がしたり。日ごろ簡単に「ふつかよい」と言っています。

宿酔に古茶も新茶もなかりけり　北村かつを

**丈六**（じょうろく）

身上一丈六尺に作られた仏像を丈六といいます。仏（釈尊）の身長が一丈六尺だったそうです。ただし原則として結跏趺坐（あぐら）の姿に作るので、その座高は八尺ないし九尺が標準だそうです。

大六の慈顔ゆるびし花の昼　山本俊一

**知辺**（しるべ）

知っている人、あるいはゆかりのある人を知辺といいます。言葉そのものが省略されていて、便利ですね。

滝行者知辺と知りてより親し　今井千鶴子

**殿**（しんがり）

さりげなく一句に「しんがり」という言葉を詠み込んでいます。それでいいと思います。もともとは「軍隊を引きあげる際、最後尾にあって追ってくる敵を防ぐこと。またその部隊」というように、軍隊用語でした。

今は日ごろ、言葉のうえでも、「しんがり」はよく使われています。

殿りの時代祭の笙の笛　菖蒲あや

**神饌**（しんせん・みけ）

神前に供えるもののことです。供えることを献饌（けんせん）ともいいます。

笙さやか献饌の魚身を反らし　有馬籌子

**水煙**（すいえん）

神社・仏閣に高く聳えている、九輪の天辺にある火炎状の装飾のことです。

水煙は天に伸び藤地に伸びる　蛭海停雲子

**翠黛**（すいたい）

「美しい眉」のほかに、遠くみどりにかすむ山の景色の意味もあります。吟行会などで役に立ちますね。あまり類句がありませんので、知る人も少ないかもしれません。一句いかがですか。

翠黛の時雨いよいよはなやかに　高野素十

**三和土**（たたき）

三和土は、よく俳句に用いられています。「たたいた土に石灰とにがりを混ぜ、水で練りたたき、固めて作った場所」だそうですが、あまりむずかしく考えなくてもいいと思います。掲句のように使えば、河岸の一隅などとしてよく写生されます。

夕河岸の三和土氷塊けぶらへり　茨木和生

**翔つ**（た・つ）

鳥などが羽を大きく広げて飛びたつときに、この字がよく使われています。なにか、とても臨場感をもたらします。

春の海より易々と鷗翔つ　津田清子

啼き了へて軽身の法師蟬が翔つ　橋本美代子
群禽のかがやき翔てり梅日和　荒井栗山

**愉しい・楽しい**（たの・しい）

人は何かいいことがあるとたのしくなりますね。子供のテストの点がよかったり、恋人からデートに誘われたり単純に心がうきうきする、そんなときは「楽しい」と表記します。「愉しい」はちょっと違います。心のしこりがとれてたのしくなること。心の中のわだかまりが消えて、たのしくなるとき「愉しい」と表記します。

個展いで薄暑愉しき街ゆくも　水原秋櫻子
嫁が君ゐるにまかせて愉しもよ　石川桂郎

**徘徊る**（たもとお・る）

同じ場所を行ったり来たりすることです。〈たもとほる山芍薬の咲く辺りエ〉この句は山芍薬に魅せられて、一度通りすぎたのですが、また戻って見ているということです。

たもとほる万葉の野の雪間かな　富安風生

茎高くほうけし石踣にたもとほり　杉田久女

たもとほる寒鯉釣りの一人かな　阿波野青畝

**宙**（ちゅう）

天と地の間の空間と考えればよいでしょう。これもまた、感性で使い分けたらいいと思います。やたらには使えない「宙」です。

月光は凍りて宙に停れる　山口誓子

さしのべし手と綿虫と宙にあり　綾部仁喜

**詳らか**（つまび・らか）

読んで字の如し、といいますが、まさにその通り、詳細なこと・明細なことです。「審らか」と書く場合もありますが、俳句は「つまびらか」と書くのがいいでしょうね。漢字は理屈っぽく感じさせる場合があります。

**みちのくの千菊は黄をつまびらか**　長谷川久々子

**鶴脛**（つるはぎ）

「衣の丈が短くて脛が長くあらわれていること」と、広辞苑にはかいてありますが、いま流に言いますとミニスカートの女性か、あるいは和服の裾をたくしあげ、足をあらわに見せている姿でしょうか。鶴脛といえばわかるような気もしますね。

**鶴脛の少女がひとり鰡のとぶ**　鈴木太郎

## 彳亍（てきちょく）

見なれない字であり言葉だと思います。がたまに本なんか読んでいますと出てきます。「彳」は左の歩、「亍」は右の歩のことです。「彳」の横に「亍」を並べますと「行」という字になるように「少し行くこと」または「佇む」ことの意味です。私の句を上げてみましょう。

**彳亍といふ語あり紅葉見る**　保坂リエ

少し歩いては佇み、また少し歩いては佇みながら紅葉を見ている様です。

**彳亍と左見右見する梅の苑**　瀧澤悦子

## 手廂（てびさし）

夏になりますと光が強くなり、帽子を被るようになります。帽子には廂がついていますが、帽子を被っていないときは、読んで字の如く手が廂の役目をするわけです。

手庇に来し方を見て涼しかり　黛まどか

**天日**（てんじつ）

太陽を文語的に格調高く表現した言葉です。

天日を恋ひ凍蝶のあがりけり　福田蓼汀

天日にせりあがりつつ滝落つる　上村占魚

**処**（ど）

処《ところ》と書いて「処《ど》」と読みます。例えば「庭の奥処《おくど》」といえば読んで字のごとし、奥まった庭のひとところをいいます。

落ち鮎や定かならざる日の在り処　片山由美子

**東司**（とうす）

お寺のトイレのことを東司といいます。東浄ともいいますが、ふつう俳句で見られるものは東司が多いようです。

青あらし東司を斜に吹き抜ける　　北村かつを

**遠祖**（とおおや）

ご先祖様とかよくいいますが、家系の初代・血統の初代のことを遠祖といいます。

冬ざれや夫の遠祖訪ひて旅　　菅井ふみ

**遠嶺**（とおね）

山の頂を嶺といい、峰と書く場合もあります。遠くに続く山の頂のことを「遠嶺」といいます。

遠嶺より日あたつてくる鴨の水　　桂　信子

遠嶺まだ雨の残りし初ざくら　伊藤通明
遠嶺より日のなみなみと植田風　ながさく清江

**土偶・木偶**（どぐう・でく）
「土偶」は土で作った人形のことです。「木偶」は木で作った人形をいいます。

土偶の雛目鼻もわかず笑み給ふ　加倉井秋を
からくりの木偶も目を剝く大暑かな　伊藤　貞
初泣の木偶は身も世もあらぬなり　加舎逸子

**左見右見**（とみこうみ）
文字通り、あっちを見たりこっちを見たりということです。吟行のときなど使えそうですね。文字の使い方はいろいろです。

と見かう見白桃薄紙出てあそぶ　赤尾兜子
左見右見して感嘆や寺の梅　加藤ふみ子
左見右見水上バスの花見かな　石井綾子

**羨し**（とも・し）

普通は羨ましいと呼んだり書いたりしておりますが、俳句にするときは「羨《とも》し」にしますと、三音ですみますから便利です。掲句は、風のない暖かなお正月。太陽がキラキラ輝く海に出てゆく船をうらやましく思っている作者です。

初凪の中を出てゆく船羨し　能村登四郎

**綯交**（ないまぜ）・**綯い交ぜ**

もともとは歌舞伎の用語だったようです。荒事の場面で用いる鉢巻きや、時代・人物など全く異なった二つ以上の筋を混ぜ合わせて新しい脚本を作ることを「綯交」と言っていたらしいです。

春休み希望と不安綯ひ交ぜに　小澤芙美子

**就中**（なかんずく）

「その中でも特に」「とりわけ」という意味を持ちます。掲句の伊藤白潮氏の一句は、とりわけ楠の新樹が綺麗だったのでしょう。

なかんずく楠の新樹の眩しかり　伊藤白潮

**傾斜**（なぞえ）

はすかい・斜め・斜面を表現したいとき、「なぞえ」をつかい、「なぞえに切る」などと言います。日当たりのいい斜面に福寿草がたくさん咲いているようなところをよく見かけます。

斜面というとしっくりきません。「なぞえ」と表現することによって見違えるような句になることもあります。

茶畑の傾斜どまりに花辛夷　能村登四郎

**喃語**（なんご）

赤ちゃんは、まだ言葉にならない声でしきりに何か言います。その言葉にならない言葉（声）を喃語といいます。それとは別に男女が睦まじくささやくことも喃語といいます。

みどり児の喃語に応ふ初湯かな　山崎千枝子

**幣**（ぬさ）

七五三などで神社にお参りにいきますと、神主さんが幣を振って、お祓いをしてくださいます。麻や木綿、和紙、また木を細かく削いだものをたばねています。

幣たれてよき雨のふる代田かな　　篠田悌二郎

掲句の場合は、これから始まる田植えのために幣を掛け、神を迎えて代田を浄めているのです。

雨に濡れそぼって、白々とたれさがっている幣は、その雨をよろこんで迎えているかのようにも思えます。

**婆沙羅髪**（ばさらがみ）

婆沙羅とはあまりいいときに使う言葉ではありません。みだれること、遠慮なく振る舞うこと、しどけないこと。あるいは、はでに見えを張ることなどです。はでな扇のことを「婆沙羅扇」といい、ばさばさになった髪を「婆沙羅髪」といいます。

芽立ちどき婆沙羅の髪となりにけり　　鍵和田秞子

## 這子（はうこ）

はいはい人形のことです。『広辞苑』を見ますと「幼児の四つ這いの姿に作った人形」と書いてあります。幼児のお守りとして小さい子供のいる家でよく見かけますね。

いと小さき這子大事に裸の子　竹中早絵
白玉や這子に機嫌ごまかされ　星野梨幸
螺子で這ふ這子の先の桑苺　保坂リエ

## ばったんこ

秋の季語で、「添水」のことです。田舎道などを歩いておりますと突然、大きな音がしてびっくりすることがあります。それは田や畑を荒らす鳥や獣を追うために水の力を利用して音を立てる添水なのです。山や川または田に落ちる水を太い竹筒の一端にうけて、水がたまると傾いて水が一気に出ます。

すると竹筒の一方の端が勢いよく、下に置かれた石を打って音をたてます。

風雨やむ寺山裏の添水かな　飯田蛇笏

ばつたんこ水余さずに吐きにけり　茨木和生

**為人**（ひととなり）

生まれつき、その人の持っているもの。あるいは天性、性格をいいます。柔軟性のある俳句用語で、決めつけないところに詩が生まれるのかもしれません。使いこなすには、なかなかの力がいるようです。

春著着て歩みにもある為人　保坂リエ

**人襖**（ひとぶすま）・**霧襖**（きりぶすま）

人がぎっしり「襖」のように立っている状態です。交通事故などがありますと、たくさんの人が集まり、事故現場を囲んでしまいます。あるいは、お祭りの神輿を見るとき、道の両側にたくさんの人が並んで襖のようになっていますね。人でなく、岩なら「岩襖」、霧に囲まれていることを「霧襖」などなど。

人襖どどと崩して神輿行く　保坂リエ

霧襖割れ利尻富士現はるる　石原八束

## 日の斑（ひのふ）

斑は「まだら」「斑点」「ぶち」のことですが、「木漏れ日」「葉洩れ日」とは別に「日の斑」もまた、よく使われている便利な俳句用語です。掲句は葉桜の下のベンチに腰かけていたのでしょう。膝の上に置いた手に葉桜の影がチラチラ揺れていたのです。その影を「日の斑」といいます。

葉桜のやさしき日の斑指先に　寺井幸子

熊野古道日の斑を浴びし蟻迅き　前山松花

**日矢**（ひや）

どんより曇った日など、どうかすると雲間から、まっすぐ日が射すことがあります。その一条の日を日矢といいます。

しぐれ忌の日矢を遠見の志賀にあり　藤田湘子

森に日矢この道行けば春の海　石井綾子

**昼深し**（ひるふか・し）

正午（ひる）といえば昼間の一二時ですが、ばくぜんと「昼」といえば、二時か三時ごろでしょうか。三時過ぎたあたりから限りなく夕方に近い時間を「昼深し」または「昼深き」といいます。

雛罌粟の一弁はねて昼深し　保坂リエ

**風鐸**（ふうたく）

仏堂・塔などの屋根の四隅に吊り下げてある、鐘の形をした青銅製の鈴のことです。

風鐸の一つ欠けたる花疲れ　羽田岳水

**ふふむ**

何の花でも、開きそめるころ「花が笑ふ」とか「ひとゆるみ」とか言います。梅の場合は「ふふむ」といいます。梅の花だからこそのもので、チューリップや椿が「ふふむ」とは、俳句ではあまりいわないでしょうね。

紅梅や開館に向けふふむ日々　稲畑汀子

アトリエに未完の裸婦や梅ふふむ　保坂リエ

**碧落**（へきらく）

あおぞら・碧落のことです。なんでもないことですが、青空と表現するより「碧落」と表現したほうがいい場合もありますね。

碧落に句会の漢青き踏む　宮登志子

**扁額**（へんがく）

室内や門戸に掲げてある細長い額です。寺や神社の扁額にはその名前が筆太に書いてあります。由緒ある寺、神社ほど墨が薄く、額も古くなって字が読みにくくなっています。それがまた趣があっていいものです。

扁額を掲げ涼しき大鳥居　小林木の実

**茅屋**（ぼうおく）

一般的には茅葺き屋根の家のことをいいますが、自宅を謙遜して茅屋ということもあります。掲句は、ちょうど暖房も冷房もいらない秋の夜を開け放して虫の夜を楽しんでいるのでしょう。いい気候ですね。

茅屋の開け放されて虫の夜　栗田　茂

**方丈**（ほうじょう）

一丈四方、畳四畳半の広さをいい、またその広さの部屋・建物を方丈といいます。インドの維摩居士の居室が一丈四方だったという故事から、お寺の住職の居室、また住職のことを方丈という場合もあります。掲句は京都の竜安寺の石庭を見ての作だそうです。

方丈の大庇より春の蝶　高野素十

**曲屋**（まがりや）

かぎ形に曲がった平面をもつ民家で、特に岩手県の南部地域に多いそうです。突出部に馬屋などを設け、その正面を入り口とするものを中門造というそうです。

曲屋に籬木槿の咲きみちて　山口青邨
夏兆す曲屋に鍋釜を伏せ　神蔵　器
曲屋に馬具のみ残る里の秋　蛭海停雲子

**目交**（まなかひ）

まのあたり・眼の前のことです。「眼間」と書くこともあります。俳句用語らしい表現ですね。さりげなく使えて便利です。

大花火白帝城を目交ひに　加藤耕子
山の昏れまなかひを這ふ穴惑ひ　伊藤敬子

**幔幕**（まんまく）

幕の一種です。花まつり、梅まつりなどによく見かける紅白の幕のことです。あるいは、野点の席を囲むように張られていることもあります。見覚えがありませんか。

花人として幔幕をくぐりけり　二宮貢作

**水分**（みくまり）

読んで字の如しです。山から流れ出る水が分かれる地点です。

水分の花の上流る雲白し　大橋敦子

**弥撒**（みさ）

ローマ・カトリック教会での重要な祭儀。聖体（パン）と聖血（ぶどう酒）の拝領を中心に、神に感謝をささげるのです。

ふつうは「ミサ」と片仮名が多いようですが、俳句用語としてはミサより弥撒と漢字を使うほうが、一句の中にしっくり溶け込むこともあります。

掲句の場合のように季語がきわめて日本的な「萩」ですと「弥撒」がぴっ

たりです。「クリスマス」のような季題のときは「ミサ」がよいでしょうね。
文字を使い分けることも大事です。

萩分けて弥撒の扉を押しひらく　鈴木太郎

**三十三才**（みそさざい）

冬の鳥で、季語です。鷦鷯とも書き、巧婦鳥・冑蝶ともいって、翼長わずか五センチほどの小さな鳥です。松笠に嘴と尾羽をつけたような姿といわれます。三十三才なんて面白いですね。

干竿の動いてゐるは三十三才　高浜虚子

捨て水のやがて氷るや三十三才　荻原井泉水

東京に出なくていい日鷦鷯　久保田万太郎

**身罷る**（みまか・る）

人が死ぬことです（身が現世からあの世へ罷り去る意『広辞苑』より）。

玫瑰の花の旅終へ身罷りぬ　田中恵子

美しい玫瑰の花を御一緒に見に旅立ったのです。帰宅して間もなく突然亡くなられ信じられないでいる作者が伝わります。

月の王みまかりしより国亡ぶ　高野素十

みまかりて桜吹雪に加はるや　中尾寿美子

かの后鏡攻めにてみまかれり　飯島晴子

**夢寐**（むび）

ねむっている間。ねむって夢を見ることを夢寐と表現します。「夢寐の戸」といえば、ちょっと洒落ていますね。

夢寐の戸に風の落ちたる雪明り　深谷雄大

夢寐に顚《た》ち生きよと一語寒昴　高橋梨華

夢寐の戸をおどろかしたる寒の地震　市田昌夫

**瞑る**（めつむ・る）

目をつむること。または瞑目することで、単に「つむる」ということもあります。

瞑る鶏そのまま冬の午後つづく　能村登四郎

昭和果つ瞑りて聴く寒の雨　宮下翠舟

瞑りて冬の雲雀を聴きゐしか　安住　敦

水鳥に瞑る昼のありにけり　宇多喜代子

瞑りて凍星ひとつ呼び覚ます　片山由美子

**乙張**（めりはり）

減張とも書きます。音楽でいえば、音の抑揚です。文章でも俳句でも、乙張のきいた作品はきっぱりとしていていいですね。

日本語の乙張しんと一葉忌　川崎展宏

**焼帛**（やきしめ）・**案山子**（かかし）

「やきしめ」というと聞き慣れない言葉だと思いますが、誰でもが知っている「案山子」のことです。また、案山子のことを「おどろかし」ともいいます。

たそがれて顔のま白き案山子かな　三橋鷹女

焼帛の火の炎とならずかたまれり　茨木和生

**山家**（やまが）

「山の中の家」ということで至極簡単です。辺りの光景が俳句に成りやすいので「山家」はよく使われています。

春の雪降るや山家のうしろから　三橋敏雄
寒灸師山家に来り泊りけり　前田普羅
住み捨てし山家なりけり懸り藤　今井つる女

**山襞**（やまひだ）
山の肌が襞のように波打って見えることがあります。月夜などはその襞をつぶさに見せてくれます。その気になって見てみましょう。
山襞のこまやかに秋深めけり　篠崎圭介
山襞のあらたに生まれ桜満つ　原　裕

**火山灰**（よな）
溶岩《らば》以外にも、火山に関した言葉はたくさんあります。死火山・火口壁《かこうへき》等々、また「火山灰」と書いて「よな」といい、よく使われます。

盆僧の火山灰を払ひて来りけり　伊藤通明
死火山の膚つめたくて草いちご　飯田蛇笏
火口壁枯れ果つ底に湖たたへ　深見けん二

**溶岩**（らば）

溶岩《ようがん》のことを「らば」と言います。吟行会などで、溶岩原《らばはら》・火山礫《かざんれき》等とよく使います。短い言葉ですみますから楽です。

赤蟻這うひとつの火山礫拾う　金子兜太
火山礫かぶり岩蓼咲きにけり　岡田日郎
雪蛍溶岩の樹形の闇に消ゆ　中戸川朝人

**海中**（わだなか）

海の中を「わだなか」または「わたなか」といいます。「海の中」と表現しにくいので「わだなか」と四音にすると楽ですね。

海中に都ありとぞ鯖火もゆ　松本たかし

**鰐口**（わにぐち）

社殿、仏堂に行きますと、お賽銭箱があり、その軒に布で編んだ綱が垂れています。お賽銭を上げたあと、その綱を振り動かすと、綱の上に丸い金属製の具があり、その中の鈴が鳴ります。その丸い具の下の方が、まるで鰐の口のように横に裂けています。

一心称名鰐口打てば春の音　磯貝碧蹄館

昼暗き鰐口の音も梅雨じめり　石原清澄

## 著者略歴


### 保坂リエ　ほさか・りえ

昭和三年八月三十一日、東京都目黒区に生まれる。昭和十九年、父の故郷でもある千葉県に疎開。旧制高女の最後の卒業生となる。

昭和二十五年、吉岡技芸学院師範課程修了後、約一年間千葉県婦人警官奉職。技芸学院在学中より詩心。文芸誌に親しみ俳句に興味を持ち自己流で作句。昭和二十七年結婚、一男の母となり家事の合間を見て俳句の勉強を続ける。

連句・清水瓢左門下、松山居リエを允許される。

師系・高浜虚子。手解き・深川正一郎。昭和六十年、俳誌「くるみ」創刊主宰。

朝日カルチャーセンター東京・NHK文化センター横浜教室・京王カルチャーセンター聖蹟桜ヶ丘教室、各俳句教室講師。

**句集**に『胡桃』『日溜り』『可惜夜』『七十路の果て』。**著書**に『保坂リエ俳句鑑賞』

現住所　〒一五八-〇〇八六　東京都世田谷区尾山台二―二九―一四

夢二俳句大会 ホテル天坊にて（H19・9・1）　著者

俳句四季文庫

俳　句　入　門

2010 年 5 月 10 日発行

著　者　保坂リエ

発行人　松尾正光

発行所　株式会社東京四季出版
〒 160-0001 東京都新宿区片町 1-1-402
TEL 03-3358-5860
FAX 03-3358-5862

印刷所　あおい工房

定　価　1000 円（本体 952 円＋税）

ISBN978－4－8129－0647－7